原作・小松左京
脚本・橋本裕志
ノベライズ・蒔田陽平

●●

日曜劇場

日本沈没

―希望のひと―

（上）

扶桑社文庫
0752

本書はTBS系日曜劇場『日本沈没―希望のひと―』のシナリオをもとに小説化したものです。

小説化にあたり、内容には若干の変更と創作が加えられておりますことをご了承ください。

なお、この物語はフィクションです。実在の人物・団体とは関係ありません。

【内閣】

東山《ひがしやま》栄一《えいいち》――――――内閣総理大臣

里城《さとしろ》 弦《げん》――――――副総理兼財務大臣

長沼《ながぬま》周也《しゅうや》――――――内閣官房長官

【経済界】

生島《いくしま》 誠《まこと》――――――生島自動車会長、経団連会長

常盤《ときわ》統一郎《とういちろう》――――――常盤グループ会長

【天海家】

天海《あまみ》佳恵《よしえ》――――――天海啓示の母、漁業関係で働く

天海《あまみ》 衛《まもる》――――――天海啓示の父（故人）

天海《あまみ》香織《かおり》――――――天海啓示の妻、翻訳家

天海《あまみ》 茜《あかね》――――――天海啓示の娘

【椎名家】

椎名《しいな》和子《かずこ》――――――椎名実梨の母

【その他】

山田《やまだ》 愛《あい》――――――居酒屋店員

主な登場人物

【日本未来推進会議　官僚メンバー】

天海《あまみ》啓示《けいし》 ―――― 環境省

常盤《ときわ》紘一《こういち》 ―――― 経済産業省、日本未来推進会議議長

石塚《いしづか》平良《たいら》 ―――― 厚生労働省

相原《あいはら》美鈴《みすず》 ―――― 外務省、日本未来推進会議副議長

安藤《あんどう》 靖《やすし》 ―――― 国土交通省

織辺《おりべ》 智《さとし》 ―――― 財務省

北川《きたがわ》亜希《あき》 ―――― 法務省

財津《ざいつ》文明《ふみあき》 ―――― 文部科学省

大友《おおとも》麟太郎《りんたろう》 ―――― 総務省

仙谷《せんごく》治郎《じろう》 ―――― 防衛省

白瀬《しらせ》 綾《あや》 ―――― 農林水産省

【地球物理学者（地震学者）】

田所《たどころ》雄介《ゆうすけ》 ―――― 『地球環境研究所』研究者。
関東沈没説の提唱者

世良《せら》 徹《とおる》 ―――― 東京大学教授

ピーター・ジェンキンス ― 世界的権威を持つアメリカの地球物理学者

【ジャーナリスト】

椎名《しいな》実梨《みのり》 ―――― サンデー毎朝（記者）

鍋島《なべしま》哲夫《てつお》 ―――― サンデー毎朝（編集長）

第一話　異端学者の世紀の大予言

二〇二三年十月——。

瑠璃色《るりいろ》の海のなかをひとりのダイバーが、底へ底へと潜っていく。

銀色の身体を光の粒のようにキラキラと輝かせる小魚たちとすれ違いながら、海藻に覆われた岩々が連なる水底へと迫る。

ふとゴーグル越しの視界の隅に白い何かが揺れているのに気づき、ダイバーは思わず手を伸ばした。

こんなところに……。

目の前にゆらゆらと漂うレジ袋をつかもうとしたとき、それはまるで意思があるかのようにふいに方向を変え、スルリと手から抜けだした。

「!?」

前に前に進んでいくレジ袋を追いかけ、ふたたび手を伸ばす。今度はどうにか捕まえることができた。

レジ袋を持ったままクルッと方向転換し、ダイバーは頭上に輝く明るい光に向かってゆっくりと上昇しはじめた。


クルーザーの甲板に上がり、ゴーグルを外すと、天海啓示《あまみけいし》はレジ袋のなかから何かを取り出した。

ウミガメだ。しかも足にはナイロン網が絡まっている。甲羅の大きさは三〇センチほどだからまだ子亀といっていい。

天海がナイロン網を外していると、ウェットスーツ姿の常盤紘一《ときわこういち》がやってきた。

「あ、何してんだ?」

「見ろよ、これ」とウミガメとレジ袋を常盤に見せる。「もー、こんなん捨てるヤツがいるから、こいつ死にそうだったよ」

「相変わらず地球にも生き物にもやさしいな」

「よしよし」と頭を撫で、天海はウミガメをそっと海に帰した。


その頃、東京で開催されている世界環境会議の壇上では、日本国総理、東山栄一《ひがしやまえいいち》のスピーチが佳境を迎えつつあった。

「人間の経済活動がもたらした環境破壊によって、地球は今、かつてない重大な危機に瀕しています。特に急速に進む地球温暖化の影響は甚大です。度重なる異常気象は地球からの危険信号なのかもしれません」

ありふれた文言ではあったが、同時にスクリーンに映しだされていく映像――南極の氷壁が崩れ落ちていく様子、海面上昇で海に浸った灯台、大型台風や竜巻による破壊的な被害、森林火災、干ばつで枯れ果てた不毛の大地――がリアリティを与えていく。

「このままでいくと二〇三〇年には深刻な自然災害が起こるリスクが大幅に高まると予想されています」

林立する工場群や隙間なく道路を埋める自動車群、資源開発のための海底掘削の模様など、映像のテーマが環境破壊の原因へと切り替わり、出席している各国首脳の危機感をあおっていく。

「ならば我々はどうすればよいのか？　これは日本のみならず、世界が共有する最大のテーマであります」

東山はゆっくりと会場を見回し、ふたたび口を開く。

「我が国は二〇一一年三月十一日に発生した東日本大震災による原発事故以来、火力発電への依存を強めることとなり、その結果、CO_2排出大国の一つとして国際的な批判を浴びてまいりました。そこで、地球物理学の権威である世良《せら》教授のもと、二〇五〇年のCO_2排出量実質ゼロという目標をかかげ、本格的に取り組みを進めてまいりました」

壇上の脇で総理のスピーチを見守っていた世良徹《せらとおる》が一礼する。

スクリーンの映像がCGアニメへと切り替わった。海上に設置された大型施設から海底へ向かってパイプが伸び、さらに海底を貫き、岩盤のなかを進んでいく。地下九〇〇〇メートルの地点で止まり、そこに存在するある物質を地上へと運んでいく。

「それがCOMS《コムス》です。九〇〇〇メートルの海底岩盤の隙間に存在するCO_2を出さないエネルギー物質、セルスティック。そのセルスティックをパイプを通して抽出するシステムを稼働いたしました。その埋蔵量は日本のCO_2排出量の一二〇年分といわれ、これによってCO_2排出量は飛躍的に抑えられることになります」

セルスティックの発見は日本にとって僥倖《ぎょうこう》だった。東日本沖の海岸線に並行して走る日本海溝の最深部に存在する氷状の個体結晶で、燃焼させると高いエネルギーを発生するが、CO_2を全く排出しないということが明らかになったのだ。しかも、水よりもかなり比重が軽くパイプ内を誘導するという比較的簡易な採掘方法をとることができた。

その事実を知った東山は、環境問題に関する日本の切り札、ひいては自身の政治的ポジションを不動のものとする切り札になりうると考え、ＣＯＭＳプロジェクトを始動。ついに現実的なエネルギー利用の道筋をつけることに成功したのだった。

聴衆の盛大な拍手を満足げに聞きながら、東山は壇上で一礼した。

＊

世界環境会議において東山が示した日本の方向性は、世界各国からも好意的に受け止められ、総理は環境問題への取り組みのさらなる深化を図る。標榜する脱炭素社会を実現するタスクフォースとして、各省庁から若き精鋭たちを抜擢し、日本未来推進会議を立ち上げたのだ。

その第一回会議が今、内閣府の会議室で行われている。

天海啓示はコの字型のテーブルを囲む若手官僚たちに臆することなく自分の考えを流暢《りゅうちょう》に語り、リラックスしたままプレゼンを終えようとしていた。

「太陽光発電などのクリーンエネルギーをメインに電力供給を担うカーボンニュートラルタウンのモデルケースを一年以内に実現する。それが環境先進国日本へ向けての私からの提案です」

「さすが環境省の天海さんですね。実に前向きな検討をされています」

天海が着席するやすかさず口を開いたのは、厚生労働省の石塚平良《いしづかたいら》だ。メンバー最年少の三十六歳。天海の三つ下になる。さかのぼれば西洋の血が入っているのだろうか、茶色がかった薄い色の瞳に白い肌と日本人離れした顔立ちをしており、明るい性格と相まって早くもムードメーカー的な雰囲気を醸しだしている。

「環境省お得意のきれいごとは結構ですが、助成金は青天井というわけにはいきませんよ」と釘を刺してきたのは財務省の織辺智《おりべさとし》。四十五歳でメンバー内では文部科学省の財津文明《ざいつふみあき》と並び最年長になる。眼光鋭く、口調の歯切れもいい。

「そもそも」と切れ者に乗っかるように総務省の大友麟太郎《おおともりんたろう》が発言を重ねる。「そのモデルタウンで電力の安定供給なんて現実的じゃないんですよねえ。総務省としては到底賛成できません」

四十三歳とメンバー内では年上組だが、その容貌にはある種の幼さが垣間見られる。いかにもお坊ちゃん育ちのインテリという感じだ。

「国交省としてもその都市計画に開発許可は出せないかも」と国土交通省の安藤靖《あんどうやすし》も難色を示す。ほかに比べると縦割りの風潮が強い国交省のなかで、上司に逆らわず目の前の仕事を真摯にこなし、着実に実績を積んできた四十一歳。冒険的な提案にはとりあえず消極的な態度をとるのが身についていた。

「ちょっと待ってください」と天海はたまらず声をあげた。「その省庁の枠を超えてこの国の未来を創っていくことが我々の使命のはずです。違いますか、官房長官」とオブザーバー的存在の長沼周也《ながぬましゅうや》に視線を向ける。

「おっしゃる通りですよ」と長沼は皆の保守的な態度をいさめる。この会議は、弱小派閥に所属するがゆえ常に守旧派勢力の顔色をうかがいながらでないと政策を進めることができない東山総理が、その現状を打破するために発足した直属の諮問機関だ。革新的な提案が出なければ意味がないし、国民へのアピールもできない。

「未来型日本を世界にアピールすることは私も賛成ですが、天海さんの意見は少し性急すぎる気がします」

会議の主導権を握りたい外務省の相原美鈴《あいはらみすず》が、バランスをとるような発言で皆をうかがう。三十七歳とメンバーのなかでは若いほうだが、二十代半ばから三十歳まではアメリカの日本大使館に勤務し、数々の実務的な難題をクリアしてきた。弁も立ち、ディベートで負ける気はしない。

気位の高いゴージャスな美女はまさにどストライクだったから、ついつい石塚は見惚れたような視線を向けてしまう。

「国家のためにはもっと優先すべき課題もあるでしょう」

あくまで現実を見据えた考え方をする防衛省の仙谷治郎《せんごくじろう》も天海の提案には否定的だ。妻と三人の子供を愛す、家族思いの四十三歳。幼少期から大学までラグビー一筋でやってきた根っからの体育会系で、仲間意識が人一倍強いがゆえ、我を押し出してくるメンバーたちを今は慎重に見定めようとしている。

「環境破壊の罰則を強化する法律を作るのも一案かと思います」

法整備の未熟さが環境破壊の一端を担っているとの持論がある法務省の北川亜希《きたがわあき》が、会議の流れが現実的な方向性に舵を切るのを見て発言した。石塚と同じ最年少ではあるが、四歳の娘の母でもあるだけに環境問題への関心も高く、法務省官僚という立場からどれだけ尽力できるか、自らもこの会議に期待するものは大きかった。

発言しようと手を挙げた財津の機先を制し、農林水産省の白瀬綾《しらせあや》が声を発した。

「環境と農業の共生についても議論すべきです」

財津がチラと白瀬に目をやり、こういう場では序列が下がりがちな文科省代表という己の立場をあらためて考える。

いっぽう、白瀬は財津を邪魔したことになど気づいていない。山形県の農家に生まれ、東大農学部から農林水産省に入省と四十年の人生のほとんどを土にまみれ、日本におけるよりよい農業のあり方を模索し続けてきた。相原や北川のようなエリートとは一線を画す、泥臭さを持った女性官僚だ。

　議長を務める経済産業省の常盤紘一が前のめりの白瀬を制し、言った。

「しかし、国連サミットでSDGsが採択されて以降、今や環境問題は国家の最優先課題です。天海君の提案も議論に値するんじゃないですか」

「ですよね」と石塚が同意する。「新しい試みを恐れていたらCOMSだって実現しなかったわけですもんね」

　すかさず天海が口を開いた。

「この国の未来政策はまだまだあらゆる分野で立ち遅れています。このままだといずれ経済先進国という地位を失うかもしれない。だからこそ、環境政策で世界をリードしていかなければいけないんです。未来の子供たちにどういう地球を残せるのか、今本気で取り組まなければ手遅れになるんです。それが我々の手にかかってるんですよ！」

　語りながらヒートアップしていく天海にたまりかねたように財津が口をはさんだ。

「議長、いつまで続くんですかこの演説は」

「君、君！　スピーチタイム終わり。口チャック。はい！」と常盤が天海の暴走を止め、

「では、みなさんの意見もうかがっていきましょう」と会議を回しにかかる。

　不満げな顔を常盤に向け、天海は口を閉じた。

会議を終えた一同がぞろぞろと廊下へと出てきた。最初に出た石塚は相原が姿を現すと、すぐに声をかけた。

「相原さん！　天海さんの提案、正直どう思っているんですか」

「Ｎｏ ｗａｙ（ありえない）」と両手を広げ、相原は逆に訊ねた。「石塚君、そういえばオーストラリア大使と関係が深いんですってね」

自分のことを知っててくれたのかと石塚は舞い上がる。

「はい！　父の関係で。あ、今度大使にご紹介しましょうか」

「Ｔｈａｎｋｓ」

ナチュラルに英語を混ぜてくるのが石塚にはたまらない。

「どうでしょう、じゃあ来週の水曜日とかは？」とすぐさまスマホでスケジュールを確認しはじめる。「水曜……いや、木曜日のほうが……」

しかし、すでに相原の顔は会議室から出てきた常盤のほうへと向けられていた。相原は相原で、出自も能力もこの会議のメンバーのなかでは群を抜いている常盤を自分のパートナー候補にどうかと目をつけていたのだ。

「常盤さん、今度会議の進め方についてお時間いただけますか」と副議長という立場を生かした誘いをかける。

「あー、いいですね」と常盤も満更ではないようだ。

最後に天海が会議室から出てきた。すぐに常盤が寄っていく。

「アタマからずいぶんと飛ばすねー」

「こういうのは最初が肝心だろ」

「少しは空気読みなさいよ。敵作るぞ」

「それを守るのがお前の役目だろ。頼りにしてるよ、議長さん」

「甘え上手」と常盤は苦笑する。

ともに学んだ東大法学部時代からそうなのだ。ゼミでのディベートでも天海が無謀ともいえる論旨を展開して場の空気をかき乱し、あとから自分が皆をなだめながら、天海の言わんとすることを整理していくのが常だった。

水泳部での遠泳でも、天海はペース配分を無視して、しょっぱなから飛ばしていく。

自分には備わっていないそんな無鉄砲さは、天海に惹かれる理由の一つだった。

「これは総理肝いりの会議だ。チャンスでもあるんだよ」

「はいはい。政治家に向いてんのはお前みたいなヤツなのかもしれないな」

旧財閥系の常盤グループの次男として、グループ企業のために将来的に政治家への転身を義務づけられている我が身を憂い、そんな言葉が口をついて出る。

「お前みたいにカバンも看板もないからさ」と逆に天海は政治家への野心を隠さない。

「それに今の立場じゃ国を動かせないことも身に染みてる」

だったら……と内閣府の正面入口を出ながら常盤は天海に水を向けた。

「今度さ、生島自動車の会長と会食するんだけど、お前も来る?」

「もちろん」と天海は即答する。「いいのか。経団連会長と会食とはさすがだねー」

やや感動の面持ちで見返され、常盤は笑った。

「常盤グループの御曹司ですからねー、僕ちん。面白いヤツいたら連れてこいって言われてんだよ。じゃ、またな」

「おう」

ふたりが別れを告げたとき、道路のほうから太鼓の音と大勢の人々のシュプレヒコールが聞こえてきた。

「COMS反対!」「総理退陣!」「地球を壊すな!」「沈没回避!」

門を出ると、どこかの環境団体のデモ隊が『COMS反対』『東山総理は退陣せよ』『関東を沈没から守れ!』などと書かれたプラカードをかかげ、大合唱をしている。

眉をひそめるふたりにデモ隊のひとりが寄ってきた。

「お願いします。どうぞ」とビラを渡してくる。

「あ、僕大丈夫です」と常盤は断ったが、天海は受けとり、視線を落とした。

「……関東沈没。またか」

あきれたようにため息をつく天海に、常盤が返す。

「ネットのバカげたデマが、まさかここまでになるとはねー」

天海が手にしたビラにはそのネット記事も転載されていた。

『緊急警告！　数年以内に関東沈没の危険性⁉　元東大教授・田所雄介《たどころゆうすけ》博士が警告！』

という大仰な見出しの下に書かれた記事に、天海は目を通していく。

『地球温暖化の影響で不安定化してきた海底プレートが、ＣＯＭＳによりさらに不安定になり、関東沈没を誘発する恐れがある。地球物理学界の異端児として知られる田所博士はそう強く警告している。田所博士は東京大学時代、地球物理学の第一人者として地震の予測精度を向上させた人物である』

天海が記事の概要を伝えると、「田所博士ねー」と常盤がやれやれと息を吐いた。「ＣＯＭＳまで槍玉に挙げられちゃってんの？」

「ＣＯＭＳは俺とお前で成し遂げた国家的プロジェクトだぞ。こんなことでケチつけられてたまるか」

吐き捨てるように言って、天海はビラをくしゃっと丸めた。

とはいえ、このまま放っておくわけにもいかない。天海は予定を変更して、東京大学地球物理学研究所の世良徹の研究室を訪ねることにした。

実験器具や観測器具が整然と並ぶ研究室、奥の自席についた世良に天海が軽い口調で話しかける。

「世良教授も今やすっかり時の人ですね」

天海の視線の先には、東山総理とのツーショット写真が掲載された世界環境会議の記事とCOMSのPRポスターが飾られていた。

「君だけだよ。アポなしでつかつかやってくるのは」

嫌味もまるで気にせず、天海は微笑む。

「いつも可愛がっていただいて、ありがとうございます」

「君こそ未来推進会議に選ばれたんだろ？　おめでとう。将来が約束されたも同然だな」

「それもこれも世良さんから総理にご推薦いただいたおかげです」

「そもそもそれが目的で私に近づいたんだろう？」

笑いながら言う世良に、天海もニヤッと笑みを返す。

「で、今日はどうした？」

「以前、東大にいた田所博士をご存じですか？」

「ああ」とうなずき、世良は訊ね返す。「田所君が何か？」

「ネットでこんな記事を」と天海はプリントアウトした例の記事を差し出した。見出しに目を留め、世良がつぶやく。

「……関東沈没？」

「ええ。こんな記事に振り回されて、国会周辺ではデモ隊が出る騒ぎです」

世良は表情を曇らせた。「優秀な後輩だったが、問題を起こしたので出ていってもらったんだ。恨まれているのかもしれないな」

「それでＣＯＭＳに横槍を？」

「困ったもんだよ」

目的を見出したときの天海の行動は早い。世良の研究室を出たその足で、今度は田所が勤める地球環境研究所を訪ねた。不在だったがすぐに戻るらしいので、そのまま建物の前で待つことにした。三十分も経たないうちに、ピックアップトラックが目の前に停まった。

運転席のドアが開き、中年の男性が降りてきた。丸眼鏡の奥から、ぎょろっとした大きな目がいぶかるようにこっちを見つめてくる。天海は一礼し、歩み寄った。

「田所博士でいらっしゃいますか。私、環境省環境生活局の天海啓示と申しますが――」

「ああ、お前でいい」とさえぎり、田所は手招く。「手伝え」

「え？」

「いいから手伝え」

「あ、はい」

田所は荷台から直径一メートルはある球状の観測装置を抱え、いきなりそれを天海に預けてきた。予想外に重く、落っことしそうになる。

「ちょ、ちょっと待ってください」

そのままふたりで一緒に観測装置を建物のなかへと運び入れた。

田所の研究室は世良のそれとは違って雑然としていた。部屋のあちこちにパソコンが置かれ、その周りに資料や書籍、データ用紙が散らかっている。ある意味、こっちのほうが研究室らしいのかもしれない。

田所は助手たちとともに持ち込んだ観測装置をつなぎ直し、忙しそうにデータの抜き出しをしはじめる。天海は部屋の隅に立ち、手持無沙汰でその様子を眺める。

いつまでも終わりそうにないので、天海は名刺を手に田所のもとへと近づいた。

「あらためてご挨拶させていただけますか。私、環境省環境生活局の天海啓示――」

「話しかけるな」と天海の横を通りすぎ、一角のパソコンの前に座ると観測データのチェックを始める。鬼気迫る勢いで作業する田所を天海は突っ立って見守るしかできない。

ふと田所が手を止め振り返った。後ろにいたのが助手ではなく天海だと気づいたが、

「ああ、あんたでいいや。コーヒー」とさっきと同じように顎《あご》で使う。

「え？」

田所は助手たちに作業の指示をし、ふたたび天海に言った。

「強いヤツだ」

「あ、はい」

部屋の奥にあった小さなキッチンにコーヒーメーカーが置かれていたので、それで要望通りの濃いめのコーヒーを淹れ、自分の名刺とともにテーブルに置く。

田所はテーブルにつき、コーヒーをすると、ようやく名刺に視線を落とした。

「お話、よろしいですか」

田所が蓬髪《ほうはつ》をかき上げ、どんぐり眼を正面に座る天海へと向ける。

「博士が東京大学時代、地球物理学の第一人者と目されていたことも、ＧＰＳの導入で

地震の予測精度を向上させ、世界的な賞を受賞されたことも存じあげております」

「前置きはいい。要点を言え」

「……関東沈没説で国民を不安に陥れるのはおやめいただきたい。そのお願いにうかがいました」

「根拠はなんだ？」

「博士は関東沈没の一因としてＣＯＭＳを挙げておられますが、ＣＯＭＳの海底岩盤層への安全性は地球物理学界の権威である世良教授によって保証されています」

「世良教授が見抜けていないんだ」

「地球全体から見れば、ＣＯＭＳが関東規模の陸地を沈没させるなど常識的に考えてもありえないかと」

「君の常識など地球の活動にはなんの関係もない」と田所は切り捨てる。「石炭や石油を掘り始めたときに誰が地球の温暖化の未来を予測した？　だが、現実には人類の事業はすべて地球の活動に影響を及ぼしている。環境を無視してきたツケが回ってきたんだ」

「……」

「過去百年における人為的地震は五八二例。そこにＣＯＭＳだ」

田所は地図を広げながら、「近い将来、伊豆沖で大きな地震が起こる。そして島が一つ水没する。日之島《ひのじま》だ」と伊豆七島の脇に浮かぶ小さな島を指さした。

「……それは、予言ということですか？」

「そうだ」と田所は強くうなずいた。「その島の沈没は、私が恐れてきた関東沈没の前兆になるだろう」

あまりの大言壮語に天海は二の句が継げなくなる。

思っていた以上の妄想家だ。

しかし、そんな言葉で切り捨ててしまえない何かが、田所の瞳の奥にはあった。狂信ではない。どこか哀しみをたたえた切実さが……。

研究所を出て、前の道を歩きだした天海は、想定外の厄介事を背負ったような気分になり、思わずため息を漏らす。

そのとき、風に飛ばされたのか一枚の書類が目の前に落ちてきた。手にとり、前を見ると散乱した書類をあたふたと拾っている女性が目に入った。天海は歩み寄り、落ちている書類を拾い集めると、女性に差し出した。

「あ、すみません。ありがとうございます」

立ち上がった女性は意外に背が高く、天海はわずかに目を見開いた。いっぽう、書類を受けとった女性も天海の顔を見て、「?」と確認するように覗き込んでくる。

「あの……環境省の天海さんですよね」

「え?」

「あの、私、サンデー毎朝の椎名《しいな》と申しまして」と慌てて名刺入れを取り出し、そこから一枚抜いて、天海に差し出す。思わず受けとってしまった天海は、仕方なく名刺に目をやる。『サンデー毎朝　記者　椎名実梨《しいなみのり》』と記されている。

「Dプランズ社と環境省の癒着疑惑について、取材している最中なんです」

まるで知らぬ情報に天海は戸惑う。

「癒着疑惑?　Dプランズ社って?」

「環境ビジネスから不動産まで幅広く手がける怪しい会社です」

「へー……それで、ここで何を?」

「田所博士に取材できればと。この研究所の所有主はDプランズで、そこで囲った学者を利用して詐欺的な環境ビジネスを成立させています。つまり田所博士はDプランズの不正に加担する詐欺学者という推論が成り立ちます」

「詐欺学者ね」

天海の口もとに浮かぶ笑みを見て、「天海さんも当事者でしょ」と椎名が返す。

「は？」

「ここで田所博士と会っていたなら、あなたにも不正に関与している疑惑が生まれます」

「……田所博士を疑う証拠は？」と天海は手を差し出す。

「記者がそれを簡単に渡すと思いますか？」

急に目つきを険しくし、心中を探るように覗き込んできた。そんな椎名を鋭く見返し、天海は訊ね返す。

「……君の目的はなんだ？」

「目的？」

「このスクープで君が手に入れたいものはなんだ？」

「そんな話をするほど親しい関係じゃないですよね」と椎名は不敵な笑みを浮かべる。

「……疑うのは勝手ですが、でっちあげの憶測記事だけは勘弁してくださいよ」

歩き去る天海を笑って見送り、椎名はその背中に声をかけた。

「今度取材にうかがいますね」

官舎に帰ると、天海は早々に自室にこもった。妻の香織《かおり》が今年八歳になる娘を連れてこの家を出て、もう一年半になる。いまだにリビングにいると広すぎる空間をもてあまし、無性に寂しくなってしまうのだ。

デスクについてパソコンの前に陣取ると、天海はカップ麺をすすりながらDプランズについて調べはじめた。環境ビジネスを手がけているだけあって、表向きの情報には特に怪しいところはなかったが、そこに田所博士や関東沈没というキーワードを重ねていくと別の姿が浮き上がってきた。

天海は何かを思いついたようにモニターから視線を外すと、名刺入れから椎名の名刺を取り出した。

＊

数日後。内閣府の入口前に田所のピックアップトラックが停まった。車から降りた田所に、「本日はご無理をお願いして申し訳ありません」と出迎えた天海が恭《うやうや》しく頭を下げる。専門家としての意見をうかがいたいと日本未来推進会議への出席を頼んだのだ。

「私ひとりの力では関東沈没の危機をうまく伝えることができませんので、田所博士の力をお貸しください」

応えず、歩きだした田所は前方に世良の姿を認め、足を止めた。

「久しぶりだね、田所君。今日はお手柔らかにね」

田所は天海を振り向き、怒りを帯びた目で迫る。

「どういうつもりだ？　彼が来るとは聞いてないぞ」

「田所先生、あなたのために呼んだんです。関東沈没を否定する世良教授を論破してこそ、あの説が認められるわけですから」

田所はじっと天海を見据える。天海はその視線を真っすぐ受け止めた。


用意してきた資料を次々とモニターに映しながら、田所が未来推進会議のメンバーたちに持論を展開していく。

「関東沈没の最大の要因は、関東沖の複雑なプレート構造にあります」

モニター映像が関東周辺の海底下のプレート構造のＣＧ画像へと切り替わる。

「ここは太平洋プレート、フィリピン海プレート、北米プレート、この三つのプレートが交差する世界でも類を見ない不安定な海域になっている。この三つのプレートは不安定ながらも絶妙なバランスで均衡が保たれています。しかし、昨今の地球温暖化で海面が上昇し、海水圧が増加して、その負荷が海底プレートをより不安定なものにしてしまった」

ＣＧ画像に下方向の矢印で水圧増加が示され、プレートが揺れはじめる。

「私独自の観測データでは、海底プレートが地球内部へと沈み込む際に観測されるスロースリップ現象が見てとれる」

スロースリップの進行を示すCG画像に説明が加わる。スロースリップとはゆっくり滑りとも呼ばれ、地下岩盤に蓄積されたエネルギーが断層の滑り運動により解放される現象をいう。原理的には地震と同じだが、エネルギーが解放される速度が数日からときには数年にわたるという遅さで、揺れとして体感されることがない。

「そしてCOMSだ。エネルギー資源を抽出された岩盤層に隙間ができて、その影響で海底プレートがより早く沈み込むようになってしまった。これらの要因が、陸地の沈没現象を招いてしまうんだ」

沈み込む二つのプレートに引きずり込まれるように関東圏が沈没していく衝撃的なCG映像を見ながら、メンバーたちは困惑してしまう。

理屈はわかるが、この確固たる大地の下で、実際にこんなアニメーション的な動きが起きるとはどうしても思えないのだ。

腕組みしながら険しい表情を崩さない世良に、進行役の常盤が振った。

「世良教授、今の田所博士の発言に異論はございますか」

「私が国と連携して行っている調査では、スロースリップはありませんでしたよ」

「ああ。それは世良教授がデータを読み取れてないんでしょうなあ」

小馬鹿にしたように言われ、世良はムッとなる。

「じゃあ、君が独自に調査したというスロースリップデータは、そもそも信用に値するんですか？」

「当然です」と田所は観測データのグラフをモニターに映す。

「私はこのデータのここ！　この小さなブレに着目したんだ」

グラフを確認し、世良は失笑する。「それはデータのノイズですよ」

「いや違う。私がより正確なデータがとれそうな地点に着目をして、あたりをつけて詳細に調べたんだ。そして、スロースリップを示すこの結果を得たんだ！　これが出た以上、私の説は正しいんだ！」

興奮気味にまくしたてる田所に、天海が言った。

「田所博士、そうやって闇雲に不安をあおる本当の目的は、別にありますよね」

「……どういう意味だ？」

「田所博士の研究を支援するＤプランズ社には環境ビジネス詐欺の疑惑があり、関東沈没説に乗じて、地方の不動産取引で法外な利益を上げようとする動きがあります」

天海の指摘に一同はざわつく。

「田所博士はその詐欺ビジネスに加担しているのではないですか?」

田所は憤怒の表情で天海をにらみつけた。

「……何を根拠にそう言ってる?」

「根拠ならここにあります」と天海は用意していた雑誌を広げた。それは見開きの広告ページだった。緑豊かな北海道の写真にこんなコピーが添えられている。

『温暖化する今こそ北海道移住　大地の鼓動を聞く』

「これはDプランズの不動産広告です」

しかも、広告の右隅には顔写真つきで田所がコメントを寄せているのだ。

「田所博士は環境問題の権威として、『温暖化で本州が亜熱帯化する近未来に日本で快適に暮らせる場所は北海道だけだ』とのコメントを——」

「話が違うぞ」と田所がさえぎった。「そんなことのために私を呼んだのか?」

天海は構わず続ける。「Dプランズは北海道北部の土地を不当な高値で売りに——」

「私をだましたんだな!」

「田所博士、お静かに願えますか?」

常盤に制され、ようやく田所は口をつぐんだ。

「それ、ある種のステマ広告ですよね」と石塚が言い、「事実なら立件の対象にもなりますよ」と相原も憤りをあらわにする。

天海は相原にうなずいた。「すでにDプランズにだまされて二束三文の土地を高額で買わされた被害者が訴訟を起こしています。これがその民事裁判の資料です」

公判資料をかかげ、天海はさらに田所に迫る。

「関東沈没説は、この金儲けのために作られた暴論ですよね」

皆の侮蔑の視線が田所へと注がれる。

「田所博士。反論はございますか？」

常盤が振ると、田所は一同をにらみつけ、怒声を発した。

「君たちに何を言っても無駄だ。くだらん！」

席を立ち、資料を片づけはじめる田所に、世良は勝ち誇った笑みを浮かべる。

そのとき、会議室がグラッと揺れた。デスクの上のペットボトルが倒れ、バサバサと資料が床に落ちていく。

「大きいですよ、これは」と石塚の顔が青ざめる。

揺れは十秒ほど続き、収まった。

一同が安堵の表情を浮かべたとき、デスクの下からのっそりと田所が出てきた。ひとりだけデスクの下に避難していたのだ。

「Ｓｅｒｉｏｕｓｌｙ？（ウソでしょ？）」と相原があきれ、白瀬はイラっとしてつぶやく。

「なんなんですか、あの学者は」

今の地震情報を得ようと常盤がモニターをテレビに切り替えた。ちょうどいいタイミングで臨時ニュースが挿入され、アナウンサーが原稿を読みはじめる。

『先ほど、午前十一時五十二分頃、関東地方で最大震度五弱の地震がありました。震源地は伊豆半島の東沖、震源の深さはおよそ四十キロメートルです』

「……伊豆沖？」と思わず天海は田所を振り返る。伊豆沖で地震が起こるという予言めいたことを数日前に田所から聞かされたばかりだった。

当の田所は愕然とした表情でニュース画面を見つめている。と思ったら、資料を抱え、脱兎のごとく会議室を出ていってしまった。

「田所博士！」と天海は追うが、振り返りもせず、田所は廊下を走り去っていく。

ポカンとする一同を代表するように常盤がつぶやく。

「会議どうするんですか」

「ああいう男だよ」と世良が嘆息《たんそく》し、天海へと顔を向けた。

「それにしてもあれだけの証拠を用意していたとは、さすがだな」

「念には念を入れさせていただきました」

そう返しつつ、一抹の不安が天海の脳裏をよぎっていく。それを増幅させるようにアナウンサーの声が会議室に流れる。

『最大震度五弱を観測したのは静岡県南川市。そのほか東京都、神奈川県、千葉県の各地で震度四を記録しています。なお、この地震による津波の心配はありません。くり返します。今日の午前十一時五十二分頃、伊豆半島の東沖を震源とする――』

「……」

＊

帰宅し、ひと息つくと天海は椎名の携帯に電話をかけた。

「天海ですが、ありがとう。君の資料が役に立った」

不動産広告や訴訟資料などＤプランズ関連の情報は椎名に提供してもらったのだ。

「よかったです。お役に立てて光栄です」喜びを含んだ声がふいに鋭くなる。「約束は守ってくださいね。私への見返り」

「ああ、もちろん」

「お願いします」

「じゃ」

電話を切ったとき、待っていたかのように手のなかでスマホが鳴りだした。表示されている『田所雄介』という名前に一瞬逡巡《しゅんじゅん》したが、すぐにあきらめ、受信ボタンに触れる。

「どうされました、田所博士？」

「だまし討ちしやがったな！」

耳もとで怒鳴られ、天海はスマホを耳から離した。

「私はあなたが説明する機会を作りました。そのチャンスを逃したのは博士のほうじゃありませんか？」

「予言は当たるぞ！」

その声の異様な迫力が天海の心を粟立たせる。

「早晩、伊豆で日之島が沈没する！　それが合図だ。早く国民に伝えろ！　関東沈没の危機対策にもすぐとりかかれ！」

「お言葉ですが、確固とした根拠はあるんですか？」

「私の直感とイマジネーションがそう言ってるんだ！」

「申し訳ありませんが、あなたの直感とイマジネーションを支持して将来を棒に振る気はありませんので。すいません、失礼します」

電話を切り、天海はしばし黙考した。

関東沈没など、そんなバカげたことは絶対にありえない。

なのに、田所のことをペテン師と断罪できない自分がいる。

彼によって自分の心に蒔かれた不安の種は、今や小さな芽を出し、さらに大きく育っていく気配がある。

その不安の芽を摘む、確たる何かが天海は欲しかった。

気を取り直し、風呂にでも入ろうと席を立ったとき、ふたたびスマホが鳴った。表示されているのは先ほどとは違う意味で出たくない名前、『香織』だ。

ひと呼吸し、気持ちを落ち着けてから天海は電話に出た。

「……どうした香織？　久しぶりだな」

と、画面にひとり娘の茜《あかね》の顔が現れた。

「パパー」

「なんだ茜か」と天海は思わず笑みを漏らし、テレビ電話で話を続ける。

「運動会、また来なかったね」

「ああ……ごめん」

「どうせ、いつものことだもんね」と天海の反省をうながすべく、口をとがらせる。が、すぐに笑顔に戻り、手にしていたみかんを画面に映した。

「みかん、ありがとう」

「ん、届いたか」

「ご飯ちゃんと食べてる？　うちは今日カレーだよ」と今度はスマホをキッチンへと向け、画面にカレーを作っている母の姿を映しだす。

「おー、いいな」

香織が気づき、「ちょっとやめて、茜」と自分の顔を手で隠す。

「だってパパの大好物じゃん。ほら、ママもしゃべってよ」

「ええ〜。もう、わかったわかった」と香織は茜からスマホを受けとる。

「久しぶり。茜の調子はどうだ？」

香織は画面の天海を見て、音声通話へと切り替える。

「今は病院も月に一度きり。ほとんど毎日学校に通えてるわ」

「そっか……ならよかった」

生まれたときから茜は身体が弱く、病院との付き合いは長かった。香織は本来、仕事が好きだったが、茜の身体のこともあって働くことはあきらめた。どうしても家庭よりも仕事が中心になってしまう天海とは次第に心の距離が離れていくのは仕方がないと感じつつ、そのストレスを彼にぶつけてしまうのが嫌で別居を決意したのだ。

「こんな時間に家にいるなんて珍しいじゃない。彼女でも来てるの？」

冗談めかして牽制してくる香織に、「なに言ってんだよ」と天海は気色ばむ。「俺は君の夫だぞ」

「あ、みかんもう送らなくてもいいかな。茜、全然食べないし」

「どうして……あんなに好物だったろ」

「好みだって変わるわよ」

「……そうか」

「ごめん。今からご飯だから。それじゃ」

「ん、じゃ」

電話を切った途端、思った以上の寂しさに襲われ、そんな自分に天海は少し驚いた。

「まいったな……」

翌朝、天海は自らのアイデアを中心にまとめた提案書を手に、常盤とともに総理官邸を訪れた。長沼の案内で執務室へと入る。

「総理。日本未来推進会議の提案書がまとまりました」

「こちらになります」と常盤が自席についている東山総理に『温暖化対策およびクリーンエネルギーへの提案書』と題された書類を差し出す。背後では、天海がやや緊張気味に様子をうかがっている。

「ご苦労さまです、常盤君」と提案書を受けとり、東山は微笑んだ。「お父さまのパーティー以来ですかね」

「その節はお気づかいありがとうございました」

「君が議長を務めてくれて心強いですよ」

「ただの舵取り役です。その提案も、中心になってまとめてくれたのはこちらの天海君ですから」

常盤が身体をずらし、天海を前に出した。

「環境省の天海と申します」

初めて東山と面と向かい、天海の緊張はさらに増した。

スタイリッシュな物腰と丁寧でわかりやすい語り口で、国民から抜群の支持を得ている就任五年目の五十五歳。政治家としてのあくは弱いというイメージがあったのだが、こうして直接顔を合わせると、そのカリスマ性はとてつもない。伊達に丸四年も日本の顔を張っていないというところか……。

東山は天海を見ると、「君が天海君ですか」と相好を崩した。「ＣＯＭＳの件ではいろいろと頑張ってくれたそうですね」

「今後も尽力させていただきます」

「期待していますよ」

東山の声音と表情に大いなる手応えを感じ、天海は心のなかで拳を握った。


午後、閣議室に集った閣僚たちが日本未来推進会議の提案書に目を通している。東山と長沼がじっとうかがっているのは、副総理兼財務大臣の里城弦《さとしろげん》の反応だ。与党・日本民政党の最大派閥を率いる守旧派の首領。財界にも顔が利き、人心掌握術に長けている実質的な党の支配者である。

里城が資料を閉じるのを見計らい、長沼が声をかけた。

「里城副総理、いかがですか?」

「大変前向きで、よくできた提案書だと思いますよ」

「ありがとうございます」と東山が応える。

「環境対策大いに結構。だが……」と里城は続けた。「それをやりすぎると経済が停滞します」

「ですが、今のままでは環境先進国になるという国としての目標が達成できません」

「だとしても今、我が日本民政党でやる必要がありますか？　それをやって次の選挙で何か旨味がありますか」

「しかし、国民にも世界にも約束したことです」

食い下がる東山に里城は言った。

「ＣＯＭＳで格好はついたんだ。もう十分でしょう」

黙ってしまった東山を、閣僚たちが冷めた目で見つめる。何年総理をやろうが、いつまで経っても里城には頭が上がらない。しょせん、看板としての存在でしかないのだと笑われているようで、懐刀の長沼としては我慢がならない。

そんな場の空気を察して、ダメ押しのように里城は言った。

「第二期東山政権を短命で終わらせたくはありません」

東山は悔しさを噛みしめるように口を結んだ。


その夜、天海は隠れ家的な料亭の一室にいた。約束通り、常盤が生島自動車会長の生《いく》島誠《しままこと》との会食に連れてきてくれたのだ。

「東山総理の志は立派ですが、強気に出られないところがあってね。だから、彼の背中を押してあげられるようにと、次代を担う官僚を集めた未来推進会議の発足を提案したんだ」と冷酒のグラスを手にした生島がふたりに内幕を話していく。

「おかげさまでいい提案をさせていただきました」と天海が小さく頭を下げる。

「けど、そう簡単にはいきませんよ。ご承知の通り、総理は多数派を率いる里城副総理に首根っこを押さえられている状態です。まあ、真逆の考えのお方だから」

「会長は里城先生ともお親しいんですか？」

天海の問いに、「ああ」と生島はうなずいた。「付き合いは長いからね。君も政界を志すのなら、里城先生のようなしたたかさも学んでおいたほうがいい」

「それではぜひお会いする機会をお与えください」

目を輝かせる天海に、常盤はふっと笑った。

「総理に近づこうとしているのに、抵抗勢力にも手を伸ばすの？　欲張り」

「誤解しないでくれよ。里城先生には取り入るんじゃなくて、こっちから改革の必要性を説いて差しあげるんだ」

「いいんですよ、別に」と生島も微笑む。「取り入ろうが転がそうが、この国を正しい未来に導いてくれるなら」

と、「失礼します」と仲居が襖を開けた。「天海さまに緊急のお電話ですが」

「緊急？　私に？」

天海は怪訝《けげん》な表情になるが、すぐに生島に顔を向けた。

「すみません。失礼します」

「お気になさらずにどうぞ」

天海が部屋を出ていくと、生島が常盤に言った。

「面白い男じゃないか。ああいう野心は嫌いじゃないよ」

「少し強引なところがありますけどね。でも、そういうガツガツしたところが、うらやましくもあります」

「紘一君のように生まれながらにすべてを手にしている人間には、理解できない情熱なのかもしれないねえ」

「野心だけではない強い何かを秘めている。天海君にはそういう匂いも感じます」

「だが、彼の強さは危うさと紙一重かもしれないよ」

生島の忠告の真意を、常盤は黙って推し量る。


電話をかけてきたのは世良だった。

「携帯がつながらないんで君の上司に居場所を聞いた」

「何かあったんですか」

「面倒なことになりそうだ。田所君が今、ネット番組で関東沈没の危機を訴えている」

天海はため息をつき、店の電話を仲居に返す。

部屋に戻ると天海はカバンからタブレットを取り出した。何ごとかと常盤と生島が注目するなか、画面にネット番組を表示させる。

『田所博士が言っていることが本当なら、これ相当マズいですよね』

司会者の声に、「ん？　田所博士」と常盤が画面を覗き込む。

「ああ、東山総理を困らせている例の学者ですね」と生島も興味深げに画面に見入る。

一見、報道番組のようだが、司会は本職のキャスターではなくお笑い芸人だ。最近こういう番組が多い。芸人というキャラクターゆえ、少々とがった切り口も許され、視聴者からの共感も得やすい。田所博士の関東沈没説など番組的には格好のネタになるだろう。

『田所博士。そのー……関東沈没が始まるのはいつ頃だとお考えですか』

司会者と斜めに向き合う形で座った田所にカメラがズームしていく。

『そんな遠い未来ではない。まずね、伊豆沖で日之島が沈没して、そこから関東沈没のカウントダウンが始まる』

具体的な表現が飛び出し、天海は警戒を強める。

『私は本気で警告している』

カメラをにらむその目は、それ相応の説得力を感じさせる。

「まさかこういう行動に出てくるとはねー」と感心したように常盤が言った。

「見たかぎりでは、本気で関東沈没を信じているみたいですね」

「そこが問題なんです」と天海が生島に返す。

田所の声はさらに熱を帯びていく。

『被害が出てからでは遅いんだ！　政府もね、一刻も早く対策を講じるべきだよ。何十万、何百万という犠牲が出てからでは遅いんだ。何度も言うよ。沈没は絶対に起こる！』

生島と常盤の目を意識しつつも、その迫真の演説に天海は引き込まれていった。

＊

月に一度の楽しみであるダイビングの場所を伊豆沖にしたのは、頭のどこかに田所の説が引っかかっていたのだろう。そんな天海の思いを察し、常盤も特に反対することもなくクルーザーを出してくれた。

浮力調整装置をセットしながら、天海は前方に見える小さな島影に目をやる。

「……あの日之島が沈むなんて」

ふと漏れた天海のつぶやきを耳にし、「ないない」と常盤は笑った。「ありえないっしょ。無茶苦茶だよ」

そのとき、荷物と一緒に甲板に置いていたスマホが鳴った。表示されている着信名は母の佳恵《よしえ》だった。何かあったのだろうかと天海は慌てて電話に出る。

「どがいしたおふくろ？」

「町長さんから聞いたがよ」と佳恵は弾んだ声で話しはじめる。「啓示がなんかすごい会議に入れてもらったってゆうちょった。総理大臣に意見したりもするがやろ。なんかうれしゅうて。お父さんもたいてい喜んどられると思うわ」

漁師をしていた父の衛《まもる》は、天海が高校三年のときに出漁中の事故で亡くなっていた。父の日に焼けた赤銅色の顔を思い出しながら、ボソッと返す。

「……そやったらいいんやけど」

「香織さんにはもう言うた？」

「いや、言うちょらん」

「見直してもらうチャンスやないのー。私から言うちゃろうか？　やっぱり一緒に住んだほうがいいがじゃないと思うがよ」

「おふくろはいらん心配せんでいいけ」

「そうなが？　ほんなら身体に気いつけて。頑張んなさいよ」

「……うん。おふくろも」

電話を切ると、ニヤニヤと自分を見つめる常盤と目が合った。面倒な絡みはしてくるなよと鋭い視線で制し、天海はセッティングを再開する。

海はいつもと変わらないように見えた。十月に入ったというのに水はまだ温かく、回遊魚たちの群れが目の前を通りすぎていく。

群れを追いかけるように進んでいく常盤にジェスチャーで合図し、天海は日之島のほうへと泳ぎだした。

しばらく進むと、前方の海底に地割れが走っていることに気がついた。そこからものすごい勢いで水泡が噴き出ている。気になり、天海はゆっくりと近づいていく。

思い切り振った炭酸水のように細かな泡がボコボコと上へ上へと昇っている。

周囲の岩場には見たことのない白い二枚貝が密集して付着していた。

「……？」

何が起こっているのか確かめようとさらに噴出口に近づいたとき、熱湯が自分に向かって襲いかかってきた。

　バランスを崩した天海はそのまま熱い奔流に身体を巻き込まれていく。水流は海底の砂を巻き上げ、激しく渦巻く。

「！」

　目の前を砂に覆われ、天海は視界を奪われてしまった。次の瞬間、流れが下方向へと変化し、今度は海底に引きずり込まれるようにグングンと身体が沈んでいく。

　パニックに襲われながら、天海は必死に手足を動かす。しかし、思ったように身体は浮上していかない。

　とにかくエアだけは確保しようと外れそうになるレギュレーターを懸命に押さえる。

ふいに上昇水流が発生し、身体の方向が変わった。

　この機を逃してたまるかと天海は懸命にバランスをとり、白い光が輝く海面に向かって手足を漕いでいく。

　常盤の手を借り、天海はクルーザーに上がった。手が震え、ゴーグルすらうまく外せないのを見かねて、常盤が手伝う。

「はぁはぁ」と息を荒げる天海の、その怯えたようなまなざしを見て、常盤はようやく異変に気づいた。

「おい……どうした？」

「いや、苦しい……突然、あったかい水が噴き出して」

「あ？」

「……海底の裂け目に吸い込まれる寸前だった……」

「天海先生ともあろうお方が？　いやだねー、上級者のおごりっていうのは」

「あー、びっくりした」

胸を大きく上下させ、天海は険しい表情で、穏やかに揺れるダークブルーの海面を見つめる。

この海の底には自分たちの想像などおよびもしない、人知を超えたとてつもない力が潜んでいる――。

その一端にかすかに触れた気がして、天海はその力の強大さに恐怖した。

憲政記念公園の時計塔横のベンチに、天海と椎名が並んで座っている。

「取引の見返りだ」

天海が差し出した大判の封筒を、「ちゃんと約束守ってくださるんですね」と少し意外そうに椎名は受けとる。

「なんだそれ。そっちの情報だけもらって、しらばっくれるとでも思ったのか？」

「ええ。官僚の方ってそういうの多かったですし、連絡も遅かったので」

入っていた書類を確認し、椎名は言った。

「天海さん、これ不正に関与した官僚の情報じゃ――」

「環境省がＤプランズに委託した事業の発注書だ。環境省はだまされた側だぞ。だまされた側よりだましたＤプランズを追及するのがジャーナリズムだろ」

書類を封筒にしまいながら、「結局、組織のことは守るんですね」と椎名は不満そうな視線を向けてくる。その手から天海は封筒を奪った。

「噂は聞いてるよ。行きすぎた取材でいろんな代議士を怒らせ、週刊誌に異動させられたそうじゃないか」

「……」

「これは君が新聞に戻るためには格好のネタだ。ただし条件がある」

「条件？」

「Ｄプランズの不正暴露に絡めて、田所博士の疑惑についても大きく取りあげてほしい。

『不正発注には関東沈没説　田所博士が大きく関与か？』ってね。センセーショナルに書きたてれば部数も伸びるんじゃないのか？」

「田所博士をおとしめたい事情でもあるんですか」

「売れればいいんだろ。これは新聞復帰の特急券だ」

そう言って、天海は封筒を椎名に押しつけた。


翌週発売のサンデー毎朝に掲載された環境省とDプランズとの癒着問題は、少なからぬ衝撃を世間に与えた。しかも、関東沈没というインパクトの大きいスパイスが効いていたこともあり、ワイドショー的には格好のネタだった。

『サンデー毎朝によりますと、環境省とDプランズ社との間に癒着の疑惑があり、金銭が横流しされた可能性があるそうなんです』

記事の概要を説明するアナウンサーにうなずき、司会者がゲストに話を振る。

『上村《かみむら》さん、ここ見てくださいよ。「関東沈没説を唱える田所博士も大きく関与か？」ってこのDプランズ社、不動産詐欺をやっていたって話もあるんですよ……で、これね、関東沈没説が詐欺ビジネスのために唱えられた可能性もあるっていう――』

編集部のテレビに真剣な視線を注いでいる椎名の前に、「スクープおめでとう」と編集長の鍋島哲夫《なべしまてつお》が缶コーヒーを置いた。

「おかげで抗議の電話が鳴りっぱなしだ」と嫌味っぽく続ける。

「環境省絡みですか」

「サンデー毎朝はＣＯＭＳ批判をかわしたい東山総理と結託して、関東沈没説を潰しにかかっただとさ」

　ワイドショーもちょうどその話題になったところだった。

『抗議デモが広がりを見せているみたいなんですね。国会前から中継です』

　司会者が中継担当の記者にバトンを渡し、画面が国会議事堂前に集まるデモ隊の映像に切り替わった。

『はい、こちら国会前です。今朝のサンデー毎朝の記事を受け、デモ隊の勢いがいっそう激しさを増しています』

「ＣＯＭＳ反対！」「沈没隠蔽！」「毎朝廃刊！」「総理退陣！」――シュプレヒコールで廃刊を連呼されれば、編集長が怒るのも無理ないかなとテレビを見ながら椎名はぼんやりと思う。

　それにしても……あんな両刃の剣のような記事を載せれば、こうなる可能性は予測できたはずだ。

天海啓示……一体、何を考えている……？

「これはどういうことですかね」

ソファに深く身を沈め、足を組んだ里城の前で東山が直立している。

サンデー毎朝の記事に端を発した騒動に、業を煮やした里城が副総裁室に東山を呼びつけたのだ。

「こんなデマで株価にまで影響が出てる」と里城は経済新聞を叩きつけ、睨《ね》めつけるように東山を下から見上げる。

「我が党の支持基盤である不動産ゼネコン関係もいい迷惑だ。余計な改革を提案する前に、くだらないデマに足をすくわれないよう徹底すべきでしょう」

東山はただひたすら頭を垂れ、嵐がすぎるのを待った。

悔しさに震えながら執務室に戻ると、東山は腹立ちまぎれにイスを蹴飛ばした。ガンガンと何度も蹴っていくうちに、どんどん怒りが増していく。

何が総理大臣だ、内閣の首長だ！

自分の力では思うことなど何一つできない木偶人形でしかないじゃないか！

最後に思い切り蹴り上げたが、空振りし、無様に転んでしまった。

「うう……」

虎ノ門にある行きつけの居酒屋で天海と常盤が飲んでいる。

「シメの海鮮ラーメン、お待ちどおさまです！」と看板娘の愛《あい》ちゃんことアルバイト店員の山田愛《やまだあい》がふたりの前に丼を置いた。

常盤の丼にホタテが二つ、カニ足が三本入っていることに気づいた天海が、「あれ？」と愛を見た。「なんかちょっと差がないか？」

「だって常盤さん独身だし、私の推しだもん」と愛は屈託のない笑みを向けてくる。

「愛ちゃん、ありがたくいただくね」

「推しって……」

「天海さんも離婚したら考えてあげますよ」

小悪魔っぽい笑みを残し、愛は去っていった。

「はいはい」と苦笑し、天海は勢いよく麺をかき込んでいく。

そんな天海に常盤が言った。

「……アテ、外れたな」

「何が？」と箸を動かしながら、天海が訊ねる。

「ほら、サンデー毎朝の記事。リークしたのはお前だろ？」

「……」

「田所説を叩いて総理に恩を売るはずが、関東沈没説、盛り上がっちゃった」

天海は丼から顔を上げ、言った。

「……それでいい」

「？……何考えてんだ、お前」

「不都合な真実はいつもフタをされて、弱い人々が理不尽な犠牲を強いられる。そういうのが大嫌いなんだよ。真実をあぶり出すためだったら、なんだってやるさ」

ふたたび麺をすすりはじめた天海を、常盤は楽しそうに見つめた。

「ふーん」


数日後、事態の収束を図るべく日本未来推進会議が開かれた。

「本会議でも議論した関東沈没説が、今、世の中を騒がせています。世良教授にもご足労いただき、早急にこの問題を収束させたいと思う」

長沼の言葉を隣に座った世良が険しい顔つきで聞いている。

「ああいう過激な発言ってバズりますもんね。正直面白いっていうか」

他人事のような軽い反応を見せる石塚を、すぐに相原がたしなめる。

「しかし、収束といっても田所博士が自説を曲げない以上、ずっと平行線のままですよね」と根本的な問題点を指摘する常盤に、天海が言った。

「だったら徹底的にやってやりましょう」

「やるって、何をどう？」と石塚が訊ねる。

「世良教授に関東沈没説の根拠を潰してもらうんです」

意図をうかがうように世良が天海を見つめる。天海は続けた。

「COMS付近の地層を調べ、スロースリップの進行などないことを証明して、黙らせるんです」

「しかし、そのためには」

安藤にうなずき、天海は言った。

「もちろん海底調査が必要になります。いかがですか、世良教授」

「……まあ、田所君の暴論を否定するいい機会ではあります」

世良の言葉を受けて、安藤は言った。

「ならば国交省から海上保安庁に要請はいたしますが……」

「しかし、田所博士が我々の調査結果を認めてくれるとは思えません」と北川が懸念を示し、「私もそう思います」と仙谷が同意する。ほかのメンバーもうなずいている。

天海はあっさりと解決策を出した。「田所博士にもご同行願えばいいんですよ」

「田所君も？」

「ええ」と天海は世良にうなずく。「世良教授への言いがかりを封じるためです。沈没の根拠を示せなかった場合は、二度と関東沈没説を口にしないと約束させるんです。いっそのこと会見も設定して、国民の前で白黒つけるというのはいかがですか。ねえ議長」

いきなり振られ、常盤は戸惑う。

「名案だと思います」と石塚が声をあげた。「天海さん、私は全面的に賛成です」

「私も賛成です」と白瀬も同意するが、あの田所が同行するとなると新たな問題が出てくるのではと慎重論をかかげるメンバーも出てきて、会議はざわつきはじめる。

議論が平行線をたどるのを見て、常盤が長沼に振った。

「官邸サイドがよろしければそれで構いませんが」

「わかりました」と長沼がうなずく。「それでは調査の件は環境省の天海君と国交省の安藤君にお任せします」

「よろしくお願いします」と天海は小さく頭を下げる。

会議が終わり、ふたりきりになると常盤は天海を問いただした。

「海底調査が狙いだったのか？　そのためにあんな記事書かせたのか？」

「……」

「啓示、まさか関東沈没信じてるわけじゃないよな？」

「……俺ははっきりさせたいだけだ。関東が無事なのか、沈むのか……」

＊

海底調査、当日——。

次第に太陽の光が届かなくなり青黒く色を濃くしていく海のなかを、ずんぐりとした魚のようなフォルムの潜水艇『わだつみ』がゆっくりと沈んでいく。

「現在、深度二〇〇《ふたひやく》です」

パイロットの声を聞きながら、天海が丸い観察窓に張りつくようにして潜水艇のライトが照らしだす深海の光景を見つめている。反対側の観察窓の前に田所が座り、世良は狭い艇内の奥に悠然と腰かけている。

「見てください、安藤さん。あれ、すごいですよ」

天海が指さす一角には、ホタルのような鮮やかな緑の光が乱舞していた。クラゲの一種なのだろうか。謎の発光生物のダンスに天海は目を奪われる。

奥の壁に寄りかかっている安藤が、窓の外を見もせずに、「すごいね」と答える。潜航が始まったときから心ここにあらずという感じで、虚ろな表情をしているのだが、天海はそれに気づかない。

神秘の光景のなかを、下へ下へと潜水艇は進んでいく。

やがて、生き物の気配がなくなり、辺りは不気味な静寂に包まれていく。

青みがかっていた海の色も漆黒に変わり、艇内も冷えてきた。

下方に向けられていたライトが、ついに海底岩盤をとらえた。そこからなんらかのサインを読み取ろうと田所は目を凝らす。世良は艇内モニターに映しだされる潜水艇カメラの映像で岩盤の様子を観察している。

パイロットが母船につながる無線を手にとった。

「ホクト。わだつみ、予定通りＣＯＭＳ圧入管付近、着艇した。深さ三千」

「ホクト了解」とスピーカーから母船の返事が聞こえてくる。

海底には一本の太いパイプが走っている。

「左の圧入管に沿って進んでくれ」

田所の指示に、「わかりました」とパイロットは進路を変え、無線を手にする。

「ホクト。わだつみ、基準コースを二一〇《ふたひゃくじゅう》とし、三番へ向かう」

「ホクト了解」

パイプに沿って進んでいくと、やがて海底岩盤層を貫く圧入管が見えてきた。窓を覗く田所とモニターを見る世良の目がさらに真剣さを増していく。

「田所君が言っていたスロースリップの痕跡が見当たらないようだね」

田所は応えず、丸い窓を通過していく岩盤の様子をじっと観察し続ける。

「そろそろ引き返してもいいんじゃないかな」と世良が言った。

「よかったぁ……」と安藤が心の底から安堵の声を漏らす。天海もふっと息をついた。

しかし、田所はあきらめない。海底地図を取り出し、「圧入地点の二十キロ先。COMSが通ってる岩盤は、この地点まで続いている」と指をさし、「先端まで観測せずに帰るわけにはいかない。じゃ、進んでくれ」とパイロットに指示する。

ため息まじりに世良が言った。「気が済むまでどうぞ」

一平方センチあたり三百キログラムというとてつもない水圧を背負いながら、潜水艇は暗黒の深海をのっそりと進んでいく。

天海は田所の背後に座り、一緒に岩盤の様子に目を凝らす。

「見ろ」

興奮気味に田所が指した方向に目をやると、岩盤の割れ目から水泡をともない、勢いよく水が噴出している。

デジャヴのような光景に、天海は戦慄した。先日のダイビングでの悪夢のような出来事が瞬く間に脳裏によみがえってくる。

「水が……煙のように噴き出ていますね」

しかも噴出口の周りには、あの白い貝が密集しているのだ。

「周りにいるあの白い貝は？」

「シロウリガイだ。バクテリアマットもあるぞ」と田所は群生する貝の横に広がる白い敷物のような部分を示す。「いずれも温かい水を好む海生生物だ」

「温かい水？」

自分に襲いかかってきた奔流の熱さまでよみがえってきて、天海はさらに緊張する。

「スロースリップで海底が刺激されて、熱水が噴出しているんだ」

「それはつまり、スロースリップが進行していると？」

ふたりの会話を聞き、世良が言った。

「そんな生き物がいたからって、そう決めつけるのは性急だ」

「そういう憶測がデータ分析の甘さにつながるんですよ」

夢中になって熱水を湧き出たせている岩盤に見入る田所を、世良が敵意に満ちた目でにらみつける。

そのとき、田所がその大きな目を見開いた。

「あったぞ！」

すぐに天海も田所の視線を追う。しかし、周囲は暗いし、水泡が激しすぎて奥の岩盤の様子まではよくわからない。

「どこですか？」

「スロースリップの痕跡だ！　前に進んでくれ！」

潜水艇のバランスをとりながらパイロットが言った。

「潮の流れが速いので時間ください」

「そんなものがどこに見える？」とモニターを確認しながら世良が訊ねる。「ただの見間違いだろ」

天海が振り返ると、世良は真剣にモニターに見入っている。一瞬、その表情が不自然に揺れた。しかし、世良はすぐに表面に現れた感情を消した。

「見えなかったのか⁉　あの鋭角的な断面、スロースリップがつい最近起こったんだ！　もっと前に進め！　近くに寄るんだ！」

興奮し、まくしたてる田所に天海は気圧される。そのとき、背後でバタンと誰かが倒れた。振り返ると、安藤が床にのびていた。

「安藤さん！　大丈夫ですか」と天海が抱き起こす。

「おい、安藤君！　おい！」

世良も呼びかけるが、安藤は苦悶の表情を浮かべたまま応えない。

「安藤さん！　安藤さん！」

「おい、安藤君、大丈夫か！　おい！」

世良は田所を振り向き、言った。「ダメだ。調査は中止だ。戻ろう」

「ええいっ……こんなものを前に、戻れるかっ」

「田所博士」と天海もうながす。しかし、田所は窓に張りつき離れようとしない。目を血走らせ、叫んだ。

「関東沈没は多くの人命がかかっているんだ。いいから前へ進め！」

「戻りましょう」

「天海君、調査は続行する。前に進みなさい」

安藤の身体が小刻みに震えはじめた。

これ以上放っておくと危険だ。

天海はそう判断し、パイロットに指示した。

「戻ってください」

「では、離艇します。ホクト、一名体調不良のため、緊急浮上する」

「緊急浮上了解」

やがて、潜水艇はゆっくりと浮上しはじめた。ライトが照らす岩盤が遠ざかっていく。

「あー！」

田所は悲鳴のような雄叫びをあげ、観測窓を思い切り叩いた。


『東京では今日、五日連続で三十度超えの真夏日となり昨日に続いて連続記録を更新しました。それではこの一週間の予報を見ていきましょう』

つけっぱなしのテレビから天気予報が流れている。しかし、ソファに横になった天海の耳には届いていない。

天海は今、悪夢のなかにいた。

震える茜の小さな身体を抱きしめながら、崩れゆくビル群をぼう然と眺めている。

そんな天海に茜がつぶやく。

「パパ、東京が壊れていく」

「！……」

電話の音が天海を悪夢から救い出した。

反射的にテーブルのスマホに手を伸ばした天海は、「もしもし……」と寝ぼけ気味に応える。聞こえてきたのが世良の声で、天海は跳ね起きた。

「海上保安庁からスロースリップの観測データが届いた。遅くに悪いが、今から研究室に来てくれないか」

「わかりました。すぐ行きます」

ソファから立ち上がり、天海はふとテレビに目をやる。

『――予想最高気温は、東京、横浜で三十三度、銚子で三十度、熊谷で三十四度、水戸で二十九度となっています。十月に入ってなお記録的な猛暑が続いており、地球温暖化による異常気象の深刻化が懸念されています』

「……」

「失礼します」と声をかけ、研究室に入ると、世良がデスクに資料を並べていた。挨拶もそこそこに、「これを見てくれ」と天海の前に観測データを置く。

「海保のデータではスロースリップは全く認められない。つまり、田所君のデータが間違っていることが裏付けられたわけだ」

「……しかし、海底で見たあのシロウリガイやバクテリアマットなどの温水を好む生物の存在理由については？」

「あれはプレート境界付近にある古い分岐断層《ぶんきだんそう》によるものだ。先日の伊豆沖の地震についても、その分岐断層の影響だと考えればすべて説明がつく」

「では、田所博士がスロースリップの痕跡だと主張した海底プレートの画像は、どう分析されたんですか」

「痕跡なんかなかったんだよ」と世良は数枚の写真を並べた。「田所君の見間違いだ」

天海は写真をじっくりと見つめる。たしかに、岩盤に田所が指摘したようなズレの断面は見当たらない。

「……何も映ってなかったんですか？」

「そうだ」と世良は強くうなずいた。「君の狙いどおり、関東沈没の根拠は一切ないことが証明された。私の報告を聞いて、東山総理もたいそう満足しておられたよ」

しかし、田所博士のあの興奮は本物だった。そして、モニターで映像を見ていた世良の表情が不自然に揺らぐのを、自分は見た……。

「どうした？」

「本当に……あり得ない暴論なんですよね？」

「これは君が海保まで動かした調査の結果だよ。観測史上、小さな島が沈んだ記録はあったが、陸地が沈んだ例はない。これだけ多くの地震を経験していながら存在し続けるこの日本列島がそれを証明している」

「では……田所博士は幻覚を見たということになるんですかね？」

天海のまなざしに不安の影を見てとった世良は、「どうしたんだ、天海君」と真顔を向けた。「田所説を信じていると誤解されかねないような発言は、君の将来のためにならないよ。関東沈没などあり得ない」

世良は黙ったままの天海を見据え、「大丈夫だ」と言い含めるように強く言った。

「明日の会議、頼んだよ」

「……」

＊

続々と席につく未来推進会議のメンバーをぼんやりと眺めながら、天海の心は過去に飛んでいた。父の衛の声が耳の奥に響く。

『なんで本当のこと言わんかったんぞ？　大丈夫やなかったんや！』

「天海さん」

声をかけられ、天海は我に返った。斜め後ろに安藤が立っていた。

「昨日は申し訳ありませんでした」と面目なさそうに頭を下げる。

「ああ、いえいえ……もう大丈夫ですか」

「ええ」と安藤はうなずいた。「狭いところは苦手でして。ご心配をおかけしました」

「よかったです」

安藤が自分の席につくと、今度は常盤が寄ってきた。

「今日は頼んだぞ」と耳打ちし、ポンと軽く天海の肩を叩く。

「……」

田所と世良をともなった長沼が入室し、おのおの席についたところで、記録係の事務職員が一同に資料を配りはじめる。

「では、海底調査を踏まえて、関東沈没説についての検証作業を始めたいと思います」

常盤が口火を切り、メンバーたちは資料を開く。すかさず相原が言い添えた。

「なお、このあと会見の場を用意しておりますので、世良教授、田所博士から今日の結論をお伝えいただきます」

「では世良教授、お願いいたします」

常盤にうながされ、世良が口を開いた。

「えー……私としては、今お配りしたこの検証資料がすべてです。海保のデータからは関東沈没説の根拠となるものは一切見つかりませんでした」

「そりゃそうでしょう」

「世良教授がおっしゃってた通りや」

白瀬と織辺が安堵の声を発し、会議室もホッとした空気になる。その空気を田所の怒声がかき乱した。

「あんたは何を言ってるんだ！　あんたも見ただろう！　実際にスロースリップの痕跡があったんだ！　海保のデータのほうがこれ、間違えてるんだ！」

「田所博士。機材の精度からもそれはあり得ません」と安藤がやんわりと否定する。

しかし、田所の怒りは収まらない。

「大体な、熱水噴出の原因をスロースリップではなく、古い分岐断層のせいだと決めつけているのもあまりに恣意的だ！」

「伊豆沖の地震との整合性もスロースリップ説よりもずいぶん理にかなってますよ」

と世良はまるで動じない。

「じゃあ、私が指摘したスロースリップの痕跡について、これ、なんの言及もないのはどういうことだ」

「安藤君、見せてあげてくれ」

世良にうながされ、安藤がモニターに記録映像を再生した。

「えー……これは潜水艇わだつみで収録した海底の映像です」

海底岩盤から炭酸水のように水泡があふれ出ている光景に一同は息を呑む。カメラはその奥の岩盤へとズームしていく。しかし、田所の指摘するような鋭角的な段差はどこにも見当たらなかった。

愕然とし、「そんなはずはない……」と田所はつぶやく。「そんなはずはないぞ。おい、もう一回巻き戻してくれ」

しかし、何度再生しても同じだった。

「映ってなかったんですよ、何も。岩盤の段差も鋭角的な断面も」と世良は憐れむような視線を田所へと向ける。

「……おかしい……私は見たんだ！」

「自分の説を信じたいと思うあまり、見た気になっていたんじゃないですか？」

「絶対におかしい！　たしかにあったんだ！　スロースリップの痕跡だ！　スロースリップがつい最近起こったんだ！」

立ち上がり、両手を広げて皆に訴える田所に、相原が冷たく告げる。

「田所博士、映ってもいないものをあったと言っても通用しないのでは？」

それでも田所は譲らない。

不毛な議論を終わらせるべく常盤が言った。

「結論は出ましたね。田所博士、あなたの関東沈没説に根拠はありません」

「そもそもこんな暴論の検証のために時間を割くより、もっと国益のために私たちは議論すべきことがあるんです」

相原の発言にメンバーたちも深くうなずく。そんな一同に向かって、世良が勝ち誇ったように太鼓判を押した。

「関東沈没などあり得ない。大丈夫だ」

ついに田所は黙ってしまった。ギリギリと唇を噛みしめる田所に、相原は容赦なく詰め寄る。「田所博士、潔く過ちを認めてください」

「相原君の言う通りや」と織辺も乗っかり、一同の冷たい視線が田所に注がれる。

「……ここは真実をねじ曲げる場なのか？」

「ですが、真実を示せなかったのは博士ご自身ですよ」と石塚が田所に引導を渡す。

「真実にたどり着くことを避けているのは君たちのほうだ！　話にならん！」

田所の怒りは逆ギレにしか見えず、皆はただあきれるしかない。

「議長、もういいんじゃないでしょうか？」と相原が常盤をうながす。

「田所博士、関東沈没説に根拠を示せなかった場合、今後一切口にしないと約束したのは覚えていますね」

怒りに身を震わせたまま応えようとしない田所を、天海がじっと見つめる。そんな天海の様子が、常盤は気になる。

もっとも積極的に発言すべき立場なのに、啓示はなぜ、ずっとだんまりを決め込んでいるんだ……？

「それは会見の場でお話しいただきましょう」と長沼がその場を引きとった。「そろそろ記者も集まってくる時間なので、世良教授、お願いします」

「わかりました」

「少し早いですが、検証作業は以上とします」

常盤が締め、世良が腰を上げる。しかし、田所は動こうとしない。

「何が会見だ……こんな会議はデタラメだ！」

悔しさのあまり、田所は「ドン！」と激しくデスクを叩いた。

長沼がため息をつき、しらけた空気が会議室を覆う。

そのとき、天海がゆっくりと口を開いた。

「これでいいんですか⁉」

力強い声に、「?」と一同が天海に目をやる。

「田所博士は納得していません。このままだといくら会見で否定しても、田所博士はまた関東沈没説の正当性を訴え続けますよ」

「ちょちょちょ……」と財津が慌てた。「天海君まで何言いだすの」

「ええかげんにしてくれへんかな、天海君」と織辺はうんざりしたように顔をしかめる。ほかの皆の反応も似たようなものだ。

しかし、天海は続けた。「せめて、この間中断した調査の続きをしてから、結論を出しても遅くないいんじゃありませんか?」

「今さら蒸し返してなんの得があるんですか?」と安藤が非難めいた口調で訊ねる。

かばうように常盤が言った。

「啓示、もういいだろう」

「よくないよ、紘一」と天海は譲らない。「そもそも俺は、関東沈没否定ありきで進む今日の会議に違和感がある」

「いいから、やめろ」と常盤は語気を強めた。天海は構わず続ける。

「たしかに関東沈没はこの国にとって不都合極まりない話だ。だからと言って、その議論にフタをしていいわけがない」

世良は理解できないという表情で天海を見つめる。

「天海君、田所君の不正疑惑を批判していた君が一体どうしたんだ？　君の言っていることは私への侮辱であり、この会議への冒涜だよ」

「……」

「残念だね。君がこれまで積み上げてきたものもすべて台無しだ」

恫喝めいた物言いに、天海の怒りが爆発した。

「そんなことはどうだっていい！　私は今、日本の未来の話をしているんです！」

またこの男の悪いクセが出た……と常盤はため息をつき、天を仰ぐ。

ほかのメンバーたちは冷たい目で天海を見ている。

「天海君、答えは出たんだよ」

話は終わりだとばかりに世良が言い、「では、参りましょう」と長沼がうながす。

そのとき、勢いよくドアが開き、若い事務官が駆け込んできた。「官房長官」と長沼に何やら耳打ちする。長沼の顔色が変わった。

「テレビに切り替えろ！」

「あ、はい」と相原がモニターをテレビ放送に切り替える。画面に映しだされたのは黒っぽい岩礁が連なる小さな島の映像だった。

『この映像は島が沈みはじめた直後のものです。沈んだのは日之島。面積〇・一平方キロメートルの岩でできた無人島です。早送りにしてみましょう。島が崩壊し、沈んでいくのがわかります』

アナウンサーの言うように、海面に突き出していた岩礁状の島が見えない巨大な力によって海に引きずり込まれていく様子がはっきりと映しだされていた。

「日之島……」

つぶやき、天海は田所を振り返った。

田所はカッと目を見開き、その映像に見入っている。

「……沈んでいく」

やがて、島は完全に海中に没した。今、画面に映っているのは濃紺の海だけだった。

皆がぼう然とするなか、長沼がその重い沈黙を破った。

「会見は中止します。対応を協議しているそうなので、官邸までご同行願えますか」

と世良をうながす。

「わかりました」

会議室を出ていこうとする長沼と世良に、「待ってください」と天海が声をかけた。

「一つお伝えしたいことがあります」

ふたりは足を止め、天海を振り向く。

「伊豆沖で日之島が沈む。田所博士はそう予言していました……予言は当たったんです。そしてそれが、恐れていた関東沈没の前兆になると」

天海は覚悟を秘めた強い目で一同を見回し、言った。

「日本の未来は我々にかかっているんです！」

第二話　作られた嘘

悲鳴のような天海の叫びに皆は戸惑う。

とんでもない妄言だとバカにしきっていたが、それを真剣に受け止めている人間がこの会議の場にいるということが信じられなかった。

「すべては私の予知した通りだ。関東は沈没する。これが現実だ」

田所は一同にそう告げると、データを検証するために急ぎ足で会議室を出ていった。

もやもやした空気を変えようと、「はっはっはっ」と世良が大きな声で笑った。「あんな小さな岩島が一つ沈んだくらいで大げさですね。おそらく原因は先日の地震による地滑りでしょう。スロースリップがないことはすでに証明されています。田所君のデータとあの島の沈没に相関関係はありません。関東沈没につなげるのはただの暴論です」

「つくづく困った方ですね」と石塚が苦笑し、相原は憂鬱そうにつぶやく。

「また変なことを言いださなければいいんですけど」

「彼が何を言おうと惑わされないことです」と皆に言い含めるように世良が答える。

「田所博士は偽りのデータで関東沈没論を正当化しようとしたんです。彼には学者を名乗る資格はない」

「では世良教授、参りましょう」

長沼にうながされ、世良は会議室を出ていった。メンバーも席を立ち、次々と出ていく。その場を動こうとしない天海に常盤が心配そうに声をかけた。

「啓示、どうした。そもそも田所博士を潰そうとしてたお前が」

「……」

「世良教授に刃向かったってことは総理にたてついたも同然だ。政界進出には致命傷かもしれないよ」

「俺たちが向き合ってるのは世良教授でも田所博士でもなくて、もっと大きな問題だ」

と天海が返す。

その目に宿る強い光が常盤は心配だった。天海が暴走するときによく見せる光だ。

「関東沈没のことをはっきりさせたいんだ」

その夜、世良をともない開いた記者会見で、東山総理は関東沈没説をあらためて根拠のない暴論だと断言。日之島の沈没もＣＯＭＳも日本の国土にはなんの影響もないという見解を明らかにした。

翌日、響きわたる蝉しぐれのなか、険しい顔をした天海が日比谷公園を歩いている。太陽はいつまで経ってもその存在感を小さくすることがなく、真夏のような輝きを放ちながら空のてっぺんに居座っている。

ふと何かに気づいたように天海は足を止めた。じっと花壇に目をやる天海に、「何を見てるんですか？」と誰かが話しかけてきた。

歩み寄ってきた椎名に、「また君か」と天海がうんざり顔になる。

「すいませんね、また私で」

「……ひまわり」

椎名が天海の視線を追うと、花壇のなかに一輪のひまわりが咲きかけていた。天海の思うことを察し、椎名が言った。

「十月なのにいつまでも暑いですねー」

「で、今日はなんだ？」

この暑いなか、わざわざ散歩でもあるまい。どうせ庁舎を出てきたところをつけてきたのだろう。

「実は興味深い記事を見つけちゃいまして。これ、明日の週刊新報のゲラです」と二つ折りにした紙の束を差し出す。

　天海は受けとり、それを開いた。

『関東沈没説の裏側！　田所博士を支援するDプランズ社と環境省の癒着疑惑。黒幕はエリート官僚、天海啓示氏か⁉』

　自分が名指しされている記事に、天海はあ然となる。

「……なんだこの記事……事実無根だ！」

「でも、あなたの噂を聞くかぎり、あり得ない話ではないですよね」と天海の反応を探るように椎名が訊ねる。

「……噂？」

「目的のためならなんでも利用して、ときには強引なやり方もいとわない」

「それはお互いさまだろう？」

「その分、敵も多くなる。あなたを潰すために書かれた記事という考え方もできます」

「誰がこんな記事を……絶対突き止めてやる。こんなでっちあげの記事ではしごを外されてたまるか」

　戦意をあらわにした天海の強い表情に、椎名は思わず見入ってしまう。

「……情報の出どころ、調べましょうか」

「またどうせ見返りがほしいんだろう？」

「もちろん」と椎名は微笑んだ。「とびきりのネタ、お待ちしてます」

「……わかった」


環境問題対策課に戻ると局長の藤岡勲《ふじおかいさお》が待っていた。

「天海、ちょっと来てくれ」と会議室へと誘う。どうやらすでに情報が回ってきているらしい。天海は憂鬱そうに重い息を吐き、藤岡のあとに続いた。

会議室にはテーブルに週刊誌のゲラを広げた名も知らぬ人事課職員が、手ぐすねを引いて待ち構えていた。

「私は断じて潔白です。場合によっては訴訟を起こしてでも戦います」

抗弁する天海を人事課の男は疑わしげに見つめる。

「しかし、田所博士とは何度も会われているんですよね」

「それは未来推進会議の仕事として」

「奥さんとも別居中では何かとお金も必要ですよね」

「……本気で私を疑ってるんですか？」

天海がキレかかっているのを察し、慌てて藤岡がフォローに回る。「上司の私から見ても天海君は極めて誠実であり、こんなことをする人間ではありません」

「調査結果が出るまでしばらく謹慎していてください」

「……謹慎？」

天海の目の色が変わっていく。

「天海」と藤岡が落ち着かせる。「疑惑はすぐに晴れる。不服だろうがここは我慢して従ったほうが、結果的に君の将来に傷がつかない」

「……到底納得できません！」


いっぽう、官邸の閣議室でも天海の記事が話題になっていた。

険しい表情でゲラ刷りを読む東山に、長沼が残念そうにつぶやく。

「天海君が田所説に固執したのは、こういう事情でしたか」

「未来推進会議からは外したほうがいいかもしれないな」

すかさず里城が東山に言った。

「天海君はＣＯＭＳ推進メンバーのひとりなんですよね？　そんな男と見抜けなかったのは総理の失態ですよ」

「……」

「そもそも未来推進会議自体、必要あるんでしょうかねぇ」

「ですねぇ」「検討ですね」とすぐにほかの閣僚たちも里城に同調する。

またしても里城に付け入る隙を与えてしまい、東山は悔しくてならない。記事に掲載されている粗い天海の顔写真を、にらみつけるようにじっと見据えた。

＊

マスクで顔を覆った天海が周囲を警戒しながら地球環境研究所へと入っていく。

「失礼します」と研究室のドアを開けると、田所はガツガツとうな重をかき込んでいた。

「おお、来たか共犯者」

顔を上げ、ニカッと笑う。「うまいぞ、これ。捕まったら食えなくなるから、今のうちに食いだめだ」

天海はあきれながら、テーブルのかたわらに置かれた週刊誌を手にした。発売からすでに三日経ち、今では見知らぬ人からも冷たい視線を向けられつつある。

「田所博士に関わったせいで散々ですよ。下手すりゃホント僕のキャリアが終わりかねない。博士からも疑惑を否定してください」

箸を置き、田所は言った。

「……海保」

「え？」

「伊豆沖の海底プレートのスロースリップデータ、海保から一刻も早く入手しろ！」

「聞いてました？　僕の話」

田所は助手にお茶を要求し、ふたたび天海に顔を向けた。

「そんな話はどうでもいいんだよ。今すぐ海保からデータを入手しろと言ってる！」

「それはすでに世良教授がご提示くださいました」

「あれはニセモノだ。私の検証結果と違う」

「あなたにかかれば自分以外はすべて過ちだ」

「君だって私の説を否定しきれないんだろう？」

その通りだ。だから、こんなところまでのこのことやってきたのだ。

「……しかし、あなたが信用に値する人間なのかどうか」

「どういう意味だ？」

「引っかかっているんですよ。たとえば東大を追われる原因となった研究費流用。なぜそんなことを？」

「刻一刻と悪化する地球の環境、この研究を急ぐためだ」

「北海道の不動産不正売買で広告塔になった件も、その言い訳で開き直るおつもりですか？」

「何が悪いんだ？　広告塔にはなったが売り買いしたのは私じゃない。それで儲けた金で私の研究がはかどるなら素晴らしいことじゃないか？」

すべては地球を守るため――そんな子供向けの正義のヒーローのようなお題目を免罪符に、無茶をやり続けてきたのか……。

あきれる天海に田所は続ける。

「関東沈没の説明をと私を会議に招いておいて、私の過去の疑惑を追及した君のほうがよほど信用ならない」

「じゃあ、なぜその僕に頼みごとを……」

「君に頼まなきゃいけないくらい切迫してるんだよ！」田所は立ち上がり、「君だって真実を見極めたいんだろう？」と天海の急所をくすぐってくる。

「本物のデータさえあれば風向きは変わる。私も、君もだ」

「……」

しかし、そう簡単には事は運ばなかった。海上保安庁の海底調査課の職員は天海の要求をあっさりとはねつけたのだ。省内調査を受けて謹慎中の人間の言うことは取り合わないようにと上司から強く言い渡されているとのことだった。

その夜、天海は行きつけの居酒屋に常盤を呼び出した。

「あの記事で総理は激おこぷんぷん丸らしいよ」と店内のテレビに映っている東山の姿を見ながら、常盤が言った。「里城先生にいたっては未来推進会議を潰しにかかろうとしている」

「あの記事はデマだ」

「わかってるよ、そんなこと。だが世間はそうは見ない」

不愉快な話題を避けるべく、天海は目の前の炉端焼き器の網の上にホタテやハマグリ、シシャモなどを並べだした。いい匂いがしはじめると、「お前が手を回して海保の正式なデータを手に入れられないか？　紘一ならいろいろツテあるだろ」と本題に入る。

「……天海君、自分の状況がわかってる？」

「わかってるよ」

「わかってないね！　環境省はお前に替わる未来推進会議メンバーのリストを提出した。官邸からも話があったそうだ」

むっつりと黙ってしまった天海に嘆息し、常盤は焼きあがったシシャモを口に運んだ。

「焼くのはうまいんだけどなぁ」

天海は常盤からテレビへと視線を移す。記者たちに囲まれた東山が、成長戦略を実現するための予算案について語っている。

「……」


翌朝、東山は関係閣僚との朝食会のため赤坂のホテルを訪れていた。会場へと歩いていると、前方から天海が現れた。足を止めた東山に丁寧に一礼する。

「おはようございます、総理。先日、未来推進会議の提案書をお届けした環境省の天海です。今後の議題について、お時間いただけないでしょうか」

「見苦しいよ、天海君。君には失望した」

冷たく言い放ち、東山はふたたび歩きだす。天海は早足で東山に並んだ。

「私は総理の持論である首都機能分散構想に共感しております」

東山の足がわずかにゆるまる。

「環境国家を目指すためにも危機管理の面でも、札幌に第二首都を置くのは素晴らしい案です。これを広く世に問うには、関東沈没説が話題の今がチャンスです」

歩きつづける東山に、天海は追いすがる。

「これを読んでいただければご賛同いただけるはずです」と『首都機能分散に関しての構想』と記された書類を差し出す。しかし、東山は無視した。

「とにかく一度ご一読を！　お願いします」

なおも東山を追おうとする天海の前に、若手秘書が立ちふさがった。

仕方がないので天海は総理をガードする秘書に提案書を押しつけた。

東山は振り向きもせず歩き去っていく。

その後ろ姿を天海はじっと見送る。ほとんどは失望に支配されていたが、そこにどうにか希望を見出そうとする。

この人と自分の思いは同じはずだという直感にすがるように……。

廊下の端からそんな天海を見つめる視線があった。

椎名だった。


その夜、天海は薄暗いリビングでソファに身を沈めながら、どうしてもふさいでしまう心を酒でなぐさめていた。

つけっぱなしのテレビはメインニュースの放送を終え、箸休めの話題に入っている。

『コキアが色づきはじめ、緑と赤の美しいグラデーションが広がっています。丘のふもとではコスモスが秋風にそよぎ、コキアとともにひたち海浜公園の秋を彩っています』

緑と赤の大きなボールが敷き詰められたような公園の風景をぼんやりと眺めながら、天海はふと香織が昔この公園に行きたがっていたことを思い出した。

理性の操縦桿をアルコールに奪われていた天海の手はスマホに伸び、香織の名前を画面に表示させた。躊躇《ちゅうちょ》することなくそれに触れる。

呼び出し音がしばらく続いたあと、困惑したような香織の声が聞こえてきた。

「……どうしたの?」

「いや、茜の運動会行けなかったから。ほら、どっか旅行行きたいって言ってたろ?」

「やめてよ。約束したって結局いつも仕事でダメになったじゃない。茜ががっかりする顔はもう見たくないの」

「……しばらく暇になりそうだからさ」

「……何かあったの?」

「……ちょっと失敗したみたいだ」

香織の声音が少しやわらぐ。

「昔もそんなことがあったわね」

　そう言われ、天海の心は九年前に飛んだ。

　三年がかりで進めてきた計画を政権交代で新たに就任した環境大臣に白紙に戻されたときのことだ。

　ヤケになって酒を飲む天海の前に、香織が置いたのはカレーライスだった。

「はい。とりあえずこれ食べて元気つけましょう」

　天海の大好物だ。妻のやさしさにすさんだ心が癒えていく。

「ありがとう……よし、いただきます！」

　正面に座った香織も一緒に食べはじめる。その勢いに、天海は少し戸惑った。

「どうした？　今日はよく食べるな」

「だって、ふたり分食べなきゃいけないから」

「え？……ええええっ⁉」

　天海の手から落ちたスプーンがカンと皿を鳴らす。

「ホントに？」

　香織ははにかむように微笑んだ。

「うん」

「そっかー」

幸せそうに自分のお腹に触れる香織を見ながら、天海は言った。

「これは、落ち込んでる場合じゃないな」

ふたたびスプーンをとり、猛然とカレーを食べだす天海に香織は笑った――。

「いろいろあったけど、ピンチのときこそ頑張るあなたのことは好きだったわよ」

香織も同じことを思い出していたのだろう。

「大丈夫よ。あなたは最後にはなんとかしちゃう人だから。昔からそうだったじゃない」

「……久しぶりに香織のカレー食いたいな」

「え……」

「別々に暮らしはじめてもう一年半だろ。もうそろそろ――」

「そうね」と香織は天海の言葉をさえぎった。「ハッキリしたほうがいいわよね」

「……香織？」

「離婚しましょう」

「え？」

「仕事に全力で挑むあなたのことは尊敬してるし、あなたの人生を全うしてほしいと本気で心から思ってる。でも、やっぱり私はその人生に寄り添えない。区切りをつけて、お互い新しい未来に向かいましょう」

しばしの沈黙のあと、「そうか……」と天海はつぶやいた。

「……少し考えさせてくれ……」

「わかった」

電話を切ると、天海は書棚に置いた写真立てに目をやった。自分の手前で香織と茜が微笑んでいる。

いつか取り戻せるはずと信じていたが、もうこんな時間は来ないのかもしれない……。

＊

内閣府のいつもの会議室、天海以外のメンバーがそろい、立ち話をしている。もちろん、話題は天海の行く末に関してだ。

「やはり天海さんは辞めるしかないんでしょうね」

「まぁ、しゃあないな」と織辺が大友に返す。

「でも、あの記事がまだ本当だと決まったわけじゃないですよね」

石塚の言葉に相原が語気を強め、反論する。

「田所博士を擁護していたのは間違いなく事実です。彼のせいで未来推進会議の存続すら危ないんですよ。石塚君は事の重大さをわかってるの？」

「総理を怒らせたのはマズいですよねぇ」とすぐに石塚は手のひらを返した。「総理にアイムソーリーとか」

皆からの冷たい視線を浴び、「すみません……」と肩をすくめる。

と、ドアが開き、「お疲れさまです」と天海が入ってきた。一同がざわつくなか、「謹慎中のはずですよね」と相原が詰め寄っていく。

「はい」

「これ以上、私たちに迷惑をかけないでくださいますか」

「あの……」と天海が口を開きかけたとき、長沼が入ってきた。

皆は慌てて席につく。

長沼は一同を見渡し、話しはじめる。

「今日は総理から新たな検討議題を預かってきました。首都機能の分散についてです」

その言葉に、天海はハッと表情を変えた。

解せないという顔で北川が訊ねる。「なぜ、今それを議論するんですか？」

「総理は、首都分散は環境国家確立のための足がかりとなり、有事の際の危機対策にもつながるとのお考えであります」とレジュメをかかげながら長沼は答える。

「お待ちください、官房長官」と少し慌てたように安藤が言った。「関東沈没説は総理もすでに否定したはずですよね」

「もちろん、関東沈没説はあり得ない暴論だ。しかし、災害や疫病やテロなど危機の可能性は多岐にわたる。そのためにも首都機能を担える第二首都が必要だというのが総理の持論だ」

天海の口もとにかすかな笑みが浮かぶのを、常盤は怪訝そうに見つめる。

「私としては、まず天海君の意見から聞いてみたい」

思わず相原が声を発した。

「天海さんの意見から?」

ほかのメンバーたちも戸惑いを隠せない。その場をとりなすように、「ですよね!」と石塚が長沼に同調する。「こういうときはやっぱり、まずは天海さんですよ」

どうやら風向きが変わったようだ。

天海は勝ち誇ったように席を立った。

「それでは日本未来推進会議の一員として意見を述べさせていただきます」

内閣府を出た常盤は隣を歩く天海に、「おーい、どんな魔法を使ったんですかねえ?」と冗談めかして訊ねた。

「?……」

「天海先生の処世術、ぜひともご教授願いたいもんだ」

「玉砕覚悟で総理に突撃したのさ。地元札幌への首都分散も言い出しにくいでしょうから、私がその流れを作って差しあげますとの手紙も添えさせてもらった」

まさに魔法のようにピンチをチャンスに変える、その鋭い機転と強い精神力に常盤はあらためて感心してしまう。

「おそらく、総理は俺の手腕を様子見してる。ダメだったら切り捨てるつもりだろう。何がなんでも第二首都の候補地を札幌でまとめなきゃならない」

「自分が生き残るために首都移転を利用したのか?」

「首都移転は国民のためだろう? 総合的見地から札幌案に理があるのも事実だ」

「ふーん……」

「保身のためなら世良教授に刃向かったりしないよ。俺は関東沈没説を納得いくまで検証したいだけだ」

「……お前、そこまで本気なのか」

そのとき、天海のスマホが鳴った。出ると田所の大きな声が鼓膜を震わせた。

「データはまだか！　もう時間がないぞ！　早く用意しろ！」

「……いやでも、そんな簡単には……」

「いいからすぐに持ってこい！」

切迫したその声に胸騒ぎを感じながら、天海は電話を切った。

「田所博士？　お前も大変だな」

「なあ、紘一」と常盤を振り返り、天海はあらためて海保のデータ入手を懇願する。

「えー」

「頼むよ、紘一君。君の力でなんとか……ね」


その前日、椎名は愛媛県宇和島の小さな漁港を訪ねていた。漁師たちと話をしている老婦人を離れた場所からしばらく観察し、彼女がそうだろうと見当をつける。漁師たちと別れたところで、「あのー、天海佳恵さんですよね？」と声をかけた。

「はい？」

「突然すみません。私、東京から来ました、サンデー毎朝の椎名実梨と申します」

佳恵は警戒のまなざしを椎名に向ける。

「うちの子がなんぞ悪いことでもしたがか？」

「そういうことじゃなくて、日本の未来を担う官僚として啓示さんのお話をうかがえればと思いまして」

「あ〜、いかった〜」と佳恵の目尻に笑いじわが寄る。「それ聞いてホッとしたわ」

機嫌のよくなった佳恵は立ち話もなんだからと椎名を家に誘った。

海沿いの道を並んで歩きながら、椎名は佳恵に訊ねた。

「どんなお子さんだったんですか？」

「まあ、よう勉強しよってよ。大学入ってからも遊びよったら母さんに悪いけん言うて、ようやっととったみたいや」

「どうして環境省に入られたんですか？」

「啓示が高校のときに、魚がなんちゃ獲れんようになってね」

佳恵はふと海のほうへと視線を向ける。

「エルニーニョ現象ゆうがらしいけんど、海水の温度が上がったんが原因やった。お役人さんが一時的なもんゆうけん、啓示の父親もそのまま辛抱しとったがよ。ほんじゃち、魚は戻ってこんでね。町からの補償は一切なく、漁師たちは泣き寝入りよ。啓示も悔しかったのよー。ほんじゃけん自分がお役人になって、海で働く人を守るゆうて」

「……」

佳恵は椎名を居間に上げると、「どうぞ」と茶を出した。

「ありがとうございます」

チラと仏壇に目をやる椎名に佳恵は言った。

「お父さんが生きちょった時分は、町ももうちょっとにぎやかやったのに、若い人がどんどんおらんようになって、今じゃ年寄りだらけの寂しい町よ」

「お父さまはどうして亡くなられたんですか？」

「近くじゃ魚が獲れんけん、いつもは行かん遠い沖まで漁に出て……。欲になったがよ、お父さん。啓示を東京の大学に行かしちゃるために言うて頑張って、台風が近づいとるがに船が転覆するまで漁に夢中になって」

ひたすらやさしいまなざしで語り続ける佳恵の話に、椎名は聞き入る。

「啓示はお金んことを気にして大学に行かんって言うて。そのときだけよ、啓示を叱ったがわ。そげやったらお父さん浮かばれんけん、お父さんのためにも大学行きんさいって」

「……お線香あげさせていただいてもよろしいですか？」

「それはもう」と佳恵は微笑んだ。「お父さん、喜ばはるわあ」

椎名は漁師姿の衛の遺影に向かって手を合わせる。

焼香を終えた椎名に、佳恵はうれしそうに言った。

「香織さんと別居したがは、あんたが原因やったが？」

「……え？」

「うちはかまわんのよ、全然。あ、晩ご飯も食べていくんやろ。いい魚があるがよ」

「あ、いえ……」

結局、椎名は帰りの飛行機を一便遅らせる羽目になった。


天海が研究室に入ると、ふたりの助手、白川《しらかわ》武《たけし》と黒田《くろだ》太郎《たろう》にマッサージをさせながら瞑想していた田所が勢いよく振り返った。

「来たか海保！　早くデータを寄越せ！」

「それはさっき頼んだばかりですから」

「手ぶらなのか!?」と田所は苛立ちをあらわにした。「何しに来たんだよ、じゃあ」

「時間がないとおっしゃっていたのが、すごく気になったので」

田所はパソコンモニターに表示した関東周辺の海底プレート図を天海に見せる。

「日之島の沈没をきっかけにスロースリップが起こっている地点がほらほら……こんなにも増えているんだ。関東沈没の可能性が高まったっていうことだぞ」

新たに図に浮かび上がる赤い点を、天海は険しい表情で見つめる。

「事態は刻一刻と悪化している！　もたもたしている間に関東が海に引きずり込まれるぞ！」

鬼気迫る田所の様子に、理性の厚い壁を突き抜け、本能が天海に警告を発しはじめる。


常盤の仕事は早かった。その日のうちに海上保安庁からデータを入手し、勤務を終えるといつもの居酒屋に天海を呼び出した。

やってきた天海に恩着せがましくデータを渡す。

「さすが紘ちゃん」と天海は受けとり、すぐにデータに目を通しはじめる。が、期待から失望へとあからさまに表情を変え、天海はデータをテーブルに置いた。

「これじゃダメだ。世良教授のと同じじゃないか」

「えー？」と常盤は不満げな声をあげた。「海洋調査課長からの正式データだぞ。データ偽装、田所博士の思い込みじゃねえの？」

「その課長が偽装に関わっているとしたら？」

「……なに言ってんだ、お前」

「やっぱり長官か国交省次官か、上の人に手を回さないと真実はわからないのかもしれないな」

「啓示……なんでそこまで田所説に固執する？」

「ずーっと引っかかってるんだよ。あのときの温かい水が」

「それって伊豆のダイビングの……」

「それだけじゃない。俺の疑問をねじ伏せようとする世良教授の振る舞いが……その言葉が強くなればなるほど……なんか隠そうとしてる気がしてさ」

楽しげに飲んでいる周囲の客たちを見回し、天海は続ける。

「俺は怖いんだよ……お前は怖くないのか？」

「……」

「COMSを推進したのは俺たちだろ。日本の環境を守るためだと信じて、その実現に全力で奔走した。なのにそれがさ、わずかでも沈没の可能性を高めるのなら、俺たちは関東沈没に手を貸したことになる。その責任をどうつぐなっていけばいいのか……」

「関東沈没は田所博士の暴論だ！」

思わず声を荒げた常盤を、天海は鋭く見据えた。

一瞬でも理性を失ってしまった自分に、常盤は動揺してしまう。

そこに注文した料理を手にした愛がやってきた。「どうしたんですか、大きい声出して」と怪訝そうにふたりの前に皿を置く。

天海と常盤はごまかすように、「乾杯」とビールのジョッキをかかげた。

「それより見てください、これ」と愛はポケットからスマホを取り出した。「とうとう彼氏ができたんです！」

画面には同世代の男性と幸せそうに笑っている愛の写真が表示されている。

「おめでと～」

「よかったね」

ふたりからの祝福を受け、愛は言った。

「今度、デートで使えそうな店を教えてくださいね」

「もちろん」と常盤がうなずく。

客に呼ばれ去っていく愛を見送り、天海は常盤へと視線を戻した。常盤はじっと押し黙ったままだ。

「……お前も、怖いんだな」

「……これ以上、俺を巻き込むな。今のお前、ちょっとおかしい。冷静になれ」

そう言うと常盤は席を立った。

テーブルに数枚の紙幣を置き、「ごちそうさん」と店を出ていってしまった。

ひとり取り残された天海はジョッキに残ったビールをひと息で飲み干した。日に日に厚くなる疑念の黒雲を払拭するためには、どうしても紘一の力は必要だ。

どうしたら……。

焦燥感に顔をゆがめたとき、「よろしいですか」と誰かが目の前に立った。視線を上げると椎名の姿があった。

「……君はどこにでも現れるんだな」

天海の返事も聞かず、椎名は勝手に正面に座る。

「さっきの方は未来推進会議議長で経産省エネルギー開発局の常盤紘一さんですよね。東大ではともに水泳部で同期」

そこに、「いらっしゃいませ」と愛が注文をとりに来た。

「あ、えっと……生ビールとアジのたたきください」

「かしこまりました！」

「俺もおかわり」と天海は空のジョッキをかかげる。愛が去り、天海は訊ねた。

「それで何？」

「愛媛のご実家に行ってきました。素敵なお母さまですね」

「！……どうしてそこまで付きまとう？」

「興味が湧いたんです。で、お母さまの話を聞いて思ったんです。あなたは強引にでも何かを変えようとしているんじゃないかって」

「はっ……君に俺の何がわかるんだ」

「私の父もそうでした」

男性店員がビールを運んできた。椎名はテーブルに置かれたビールでのどをうるおすと、話しはじめた。

「私の父は機械メーカーで働いていたんです。あるとき、製品の不備に気づいて生産を中止するように会社に直訴したんです。でも、その意見はもみ消されました。それから社内で嫌がらせが続いて、会社を辞めることになりました。正しいことをした人間や弱い立場の人間が理不尽な思いをする……そういうのが私は許せないんです」

「……それが、記者としての君の原点なのか？」

「でも真実を深追いすれば、どんどん煙たがられて敵が増えていく……もしかすると天海さんも、今のうちに潰しておこうって目をつけられたのかもしれませんね」

天海はハッとした。

「ひょっとして何かわかったのか?」

椎名はにっこり笑った。

「知りたいなら、とっておきのネタとやらを早く用意してくださいよ」

「はい、すみません。アジのたたきです」と男性店員が椎名の前に皿を置く。話は済んだとばかりに、椎名は肴に箸を伸ばす。

「おいしい」

「……」

＊

通常業務から解放されていることを逆手にとり、天海は環境省とDプランズの関係性を徹底的に洗った。謹慎中の身とはいえ資料室くらいには自由に出入りできる立場にある。膨大な発注書のファイルのなかからDプランズに関連するものを細かく拾い上げ、それを精査していくと、ある人物の名前が浮かび上がってきた。

朝、中央合同庁舎に向かう人波のなかに目的の人物を見つけた天海は、歩み寄った。

「おはようございます、藤岡局長。お話があります」

藤岡は露骨に迷惑そうな視線を向けてくる。「悪いが天海、省内調査の結論が出るまで距離を置いてくれないか？　私にもいろいろ立場があるんだ。わかってくれ」

早足で歩き去ろうとする藤岡に、天海は言った。

「Ｄプランズ社への発注書の件です」

藤岡の足が止まる。あからさまに動揺を見せる藤岡に、天海は言った。

「場所を変えますか」

天海が藤岡を連れていったのは不正の証拠を入手した場所、資料室だった。証拠資料の束を突きつけ、藤岡に迫る。

「Ｄプランズに便宜を図って多額の不動産を受けとってますよね。どういうことなんですか、藤岡さん！　僕に罪をなすりつけるために、あんなデタラメな記事を書かせたんですか！」

自らの不正は認めつつ、藤岡は言った。「……誤解しないでほしい……書かせたのは私じゃない。だが、天海には申し訳ないと思いながらも、利用するしかないと思ってしまった……許してくれ」

「調査委員会でも率先して僕を犯人扱いしたらしいですね」

「……何が望みだ？」

天海は藤岡をじっと見据える。

交渉の余地ありと踏んだ藤岡はすがるような口調で言った。

「できるかぎりのことはさせてもらいたい」

天海の表情がふっとやわらぐ。

「でしたら、甘えさせてもらいますよ」


東京湾岸の埋め立て地に建設予定の実験都市の模型を生島が眺めている。東京ドーム二十個分の広大な土地を、生島自動車が開発した最新テクノロジーを導入した環境最優先の未来都市に作り替えるという社を挙げての壮大なプロジェクトだ。

生島にとっては子供の頃に思い描いた夢の街でもある。それを自らの手で実現させることができるのだ。

会長室を訪れる客にこの未来都市について語るのは、至福の時間だった。

ノックの音がして、生島はドアのほうへと顔を向けた。

「失礼します」と入ってきたのは環境省の藤岡だった。

「お久しぶりです。藤岡局長」

「すみません。突然お電話を差しあげて」

恐縮する藤岡の背後から、天海が顔を出した。

「生島会長、ご無沙汰しております」

「……どうして君まで？」

驚く生島に藤岡が言った。「実は緊急の問題が起きてしまいまして」

「そこで急遽、局長に代わって私がお話しさせていただきます。局長、あとは」

天海にうながされ、「申し訳ありませんが、私はここで」と藤岡はそそくさと会長室をあとにした。

怪訝な思いを胸に抱きつつ、生島は天海を応接ソファへと座らせる。

「……それで、話というのは？」

「単刀直入に申し上げます。東京湾岸での未来都市建設計画を延期するようお願いいたします」

「理由は？　環境省は何を問題にしているんですか？」

「東京が沈没する可能性があります」

意表を突かれ、生島は目を見開いた。しかし、対峙する天海の目は真剣そのものだ。

「それはすでに総理が会見で否定しているはずですが？」

「海保の観測データに改ざんの疑いがあります。それを解明できる人物、海保庁長官か国交省次官をご紹介ください」

「天海君。自分が何をやっているのかわかってるのかね？　行政指導を偽って私の部屋まで押しかけてきて、関東沈没のデマを再燃させようとしてるんだぞ」

生島の声にも怒りの色がにじみはじめる。

「世良教授に刃向かって政界の道を絶たれた君が、愚かにも私に命乞いをしに来た。そういうことですよね」

臆することも動じることもなく、天海は言った。

「私ではなく、関東圏に住む国民の命乞いに参りました」

「関東沈没、本気で信じているのか？」

「ＣＯＭＳを推進した人間として、強く恐れています」

「信じる根拠は？」

「……潜水艇で海底を見ていた世良教授の目です。明らかに激しい動揺が見てとれました。それでも関東沈没を否定してきた手前、もうあとに引き下がれなくなっているんじゃないでしょうか」

「世良教授がデータを改ざんしたとでも言いたいんですか」

「田所博士はそう確信しています」

「世良教授よりも田所博士を信用しろと言うんですか」

「あらゆる可能性を検証しておきたいんです。大もとのデータさえ確認できればすべてはっきりします」

値踏みするような生島の視線を、天海は真正面から受け止める。互いの胸中を探るように、ふたりはしばらく見つめ合った。

＊

首都分散を議題とした未来推進会議が行われている。今、発言しているのはゲストとして呼ばれた世良教授だ。

「亜熱帯化の進む日本列島の将来を考え、気象条件、地質学的な安全性、それとオリンピック開催経験を持つという国際性や北海道特有の広大な土地……そうしたさまざまな観点から、札幌こそが最適であると考えます」

「私も全く同感です。世良教授のおっしゃる通りです」

全面的な賛同を示す天海を見て、「今日は穏やかに進みそうですね」と石塚が隣の安藤にささやく。

「ただ、その前に確認したいことがあります」

今度は何を言いだす気だと常盤は緊張しながら天海を見守っている。

「前回、世良教授にご提示いただいたデータは海保から入手されたものですよね？」

「ああ」と世良はうなずいた。「なんで今さらそんなことを」

「私の入手したデータとは内容がずいぶん違っていたものですから」と天海は手にした資料をかかげた。

メンバーたちがざわつくなか、常盤が訊ねる。

「天海君、どういうことですか？」

「これは海保のバックアップデータです。メインコンピューターを確認したところ、潜水艇調査の直後にデータの書き換えが行われていました。アクセス履歴によると……」

天海は芝居がかった仕草で資料を確認し、ある人物に顔を向けた。

「改ざんしたのはあなたですよね。安藤靖さん」

「！」

一同は一斉に安藤を見る。安藤の額にうっすらと汗がにじんでいく。

「安藤さん、これは海保に保管されていた映像です」

そう言って、天海はモニターに潜水艇カメラの映像を再生させる。海底岩盤からものすごい勢いで水泡が噴き出している。

「ああ、これ見ましたよね」

しかし、カメラが奥の岩盤へとズームすると安藤の顔色が変わった。鋭角的な段差が映しだされているのだ。

「潜水艇調査の映像には、はっきりと田所博士がスロースリップの痕跡だと指摘したものが映っていました。なのにあなたは、これを我々に見せなかった。あなたが潜水艇内で倒れ込んで調査を中断させたのも、調査を進めるとスロースリップ現象が証明されると危惧したからじゃありませんか?」

安藤は蒼白になり、小刻みに身体を震わせている。

「しかし、あなたがそうまでする理由がわかりません。誰の指示ですか?」

「……」

「答えてください、安藤さん!」

観念し、安藤は口を開いた。

「……『私の指示は総理の指示だ』……潜水艇に乗る前に世良教授からそう言い含められていました。合図したら調査を中止させろと……それで愚かにも私は……」

今度は一斉に世良に視線が集まる。

「……私は総理から日本のために尽くせと頼まれ、それを忠実に全うしただけです。データを改ざんしたのも国民を不安におとしいれないためであり、日本の信用のためです。

いいですか、沈む可能性があるといってもそれはただの可能性でしかない。私の立場でそれを認めてしまえば、一体どういうことになるかみなさんもおわかりでしょう⁉」

開き直り、世良は皆を説得にかかる。

「わずか一％でも関東沈没の可能性を認めたら、私が認めたということがひとり歩きしてしまう。それが憶測を生み、人々は一％の可能性を一〇〇％の不安にまでふくらませてしまうんです！　しかも総理が進めてきたＣＯＭＳがその可能性の一因だということにでもなれば、日本は世界の信用を失ってしまう。ここは、仮にも地球物理学の権威であるとされている私の意見が正しいとするのが、この国の最良の選択なんです！」

そう訴え、世良は天海をにらみつけた。

「どうして君はそんなことがわからない⁉」

「ですが、世良教授……あなたは田所博士をおとしめるために、『偽りのデータを持ち出した者は学者を名乗る資格はない』とおっしゃいましたよね。そのあなたがデータ偽装を指示したんです。学者の資格を自ら放棄したも同然なんじゃありませんか」

天海の言葉に世良の表情がこわばっていく。

「あなたほどの人が、どうして正々堂々とデータと向き合わなかったんですか⁉」

悔しげな天海に、世良は言った。

「天海君、ふたりで話せないか?」

　席を立ち、会議室を出ていく世良のあとに天海も続く。

　廊下に出ると、世良は目を閉じ、胸に去来するさまざまな思いを整理する。しばし黙考し、ゆっくりと目を開いた。

「……君に寝首をかかれるとは思ってもみなかったよ」

「僕だって、世良さんがそんなことをするとは思いたくなかったです」

「ずっと邪魔だったんだよ、田所君が。……私がどれだけ努力しても、彼はいつもその上を行ってしまう。だから、彼が環境問題に傾倒して日本を離れたときは小躍りしたい気分だったよ。ようやく地球物理学界の第一人者になれるって」

「……」

「君が余計なことを掘り起こすまではね」

「……本当のところを教えてください。世良さんは関東沈没の信憑性はどのくらいあるとお考えですか?」

「私が見てきたデータで判断するなら確率は一割程度。いいか、たったの一割だ。沈まない確率が九割もある! それをわざわざこんな大事にして!」

　ヒステリックに叫ぶ世良の声を、天海はあ然として聞いている。

一割だと……！

想像以上に高い確率だった。

それを封じ込めようとしたのか……。この人は本当に科学者か……？

世良はまだ吠えている。

「この先どういうことになるかわかっているのか。君たちは起こるはずもない関東沈没に怯え、やる必要もない危機対策に奔走し、あげくに首都経済を停滞させるんだ。日本未来推進会議が日本の未来をつぶすことになるんだよ！　それが望みか！　本当にそれでいいのか⁉　もういい、好きにしろ！」

捨てゼリフを吐き去っていく世良を、天海は哀しい気持ちで見送った。

未来推進会議での顚末が長沼から東山総理に報告され、状況はガラッと変わった。その日のうちに天海は田所の研究室を訪ねた。

田所は資料に埋もれるようにデスクに向かい、何かに憑かれたようにパソコンのキーボードを叩き続けている。

「東山総理が田所博士にお会いしたいそうです」

天海の声も耳に入らないようだ。

「お時間かかるようでしたら、その旨お伝えしておきます」

鬼気迫るその表情に、天海の焦燥感も増していく。「一つお聞きしてもいいですか」と思わず訊ねていた。「どのくらいの確率で関東は沈没するんですか」

「邪魔するな。それを今検証してるところだ」

「COMSは本当に関東沈没に影響しているんですか。カーボンニュートラルな世界を作ることがこの国の未来のためだと信じて、全力でCOMSを推し進めました。しかし、それが結果的に多くの人の命を奪う可能性があるのだとしたら……」

絶句する天海に背を向けたまま、田所は告げた。「可能性は十分にある。君は深く反省しろ。だが、それだけで関東が沈むわけじゃない。地球の環境変化は人間が積み重ねた長い歴史のなかでもたらされたものだ。その責任は我々すべての人間一人ひとりにある。私も含めてだ。だから私はこうして研究を続けている」

田所は天海を振り返り、言った。

「君が何をどうするかは君が決めろ」

「……」

日比谷公園の花壇にはまるで今が盛りとばかりにひまわりが咲き誇っている。その手前のベンチにぐったりと背をもたれ、天海がぼんやりと空を見上げている。

「ひまわりは満開ですね」

面倒くさそうに天海が首を回す。椎名が長身を折るようにして、自分を覗き込んだ。

「あなたのおかげでいい記事が書けました」

差し出されたゲラ刷りには、環境省とDプランズの癒着の黒幕として藤岡局長の写真と名前がでかでかと掲載されていた。

「藤岡局長はあなたを世良教授に紹介して日本未来推進会議選出への道筋をつけた恩人なんですってね」

回り込み、天海の正面に立つと椎名はそう訊ねた。

「……不正に手を染めたのは事実だ。それとも君は恩人には手心を加えるのか？」

「いえ。徹底的に糾弾します」

真顔で答える椎名に、天海はふっと笑った。

「君はどこか俺と同じ匂いがするな」

「聞いていいですか？」椎名は真顔のまま訊ねる。「あなたは何と戦ってるんですか？」

「戦ってるつもりなんかないよ。ただこの国は建前ばかりで、本気でやろうとしている人間なんかほとんどいない。正しいことをやろうとすれば、障害が多すぎる。だから、今の俺の立場では多少強引な手を使わなきゃならなくなる」

椎名はふっと微笑んだ。

「初めてあなたからいい話が聞けました」

苦笑しながら天海は訊ねる。「そんなことより、俺の記事の出どころを教えてくれ」

「……経済界の重鎮と呼ばれる方です」

「経済界の重鎮？」

「その方は里城副総理と深いつながりがあります」

天海は軽い衝撃に襲われる。

「……つまり、里城先生が俺を潰しにかかった？」

「そういう推論、成り立っちゃいますね」

天海の不安をかき立てるように、季節外れの蝉しぐれが降りそそぎはじめる。


数日後。官邸の総理執務室で里城が『首都機能分散に関しての構想』を読んでいる。

その様子を東山、長沼、そして常盤がじっと見守っている。

提案書を閉じ、里城は口を開いた。

「なるほどね」

「この提案書は未来推進会議が環境および危機対策への提言として――」

常盤の説明を、里城は鋭い声でさえぎった。

「到底賛成できません」

「しかし首都有事の際、首都機能を担える第二首都の必要性が――」

「必要ありません」とふたたび里城がさえぎる。「世界に類を見ない一極集中都市・東京があるからこそ、今の日本の発展があるんですよ」

「里城先生、局面が変わったんですよ」

東山に諭すように言われ、里城は不快そうに訊ねた。

「……何が言いたいんですか?」

「世良教授も関東沈没の可能性を認めました」と常盤が告げる。

「……え」

さすがに里城の表情にも不安がよぎる。

タイミングを計ったかのようにドアが開き、田所と天海が入ってきた。天海は里城の前に立ち、言った。

「田所博士は海保の正式なデータに日之島沈没の影響を加味して、関東沈没の可能性を検証されました」

「……それで？」

「これが博士のシミュレーション映像です」

天海はモニターにCG映像を再生させる。関東地区の海面下のプレートが激しく動き、やがて上に載った地殻を引きずり込んでいく。

険しい表情で一同に向き合い、田所は言った。

「遅くとも一年以内に……関東沈没が始まる」

不安と緊張を噛みしめるように、常盤がつぶやく。

「……一年以内？」

東山と長沼は予想をはるかに超えた時間のなさに黙り込んでしまう。

同じく沈黙を守る里城の思惑は知れない。

そんな一同を見回し、天海は言った。

「時間がありません。私たちで関東沈没から国民を守らなければなりません」

外ではうるさいくらいの蝉しぐれが鳴り響いている。窓から射す夕陽が、覚悟を秘めた天海の横顔を赤く照らす。

第三話　葬られた不都合な真実

「沈没が予測される範囲は一都六県にまたがる関東平野全体です」

そう言って、田所はテーブルに関東近海の海底地図を広げた。赤い×印が広範囲にわたって記されている。

「関東を支える海底プレートが地球内部へと沈み込むスロースリップ現象がさまざまな地点で観測されているんです」

「それはどれぐらいの確率で起こると予想されますか？」

常盤の問いに重ねるように東山が天海に訊ねる。

「世良教授は一〇％だと言っていたんだよな」

「はい」と天海はうなずいた。しかし、田所は小さく首を振る。

「それは日之島沈没の影響を無視した予測だ。私のシステムが出した予測では確率……五〇％」

「五〇％⁉」

　想像以上に高い数字に東山の表情が険しくなる。

「海上保安庁のデータを今後私に直接検証させていただければ、より正確な数値を出すことが可能だ」

「総理、とにかくすぐに危機対策に乗り出さなくては」と天海が東山をうながす。

「……いや、しかし、すぐにと言っても」

　東山は動揺を隠せない。

　大規模な災害や事故が起こるたびに未曾有の事態なる表現がくり返されてきたが、これに比べたらそのどれもが軽く思える。

　関東沈没――まさに未だ曾《かつ》て有らずの危機に対して、どのような対策を打てばいいのか、正直頭が回らないのだ。

　そんな東山の心中を慮《おもんぱか》り、常盤が言った。

「お任せいただけるのであれば、未来推進会議で概要をまとめます」

　あうんの呼吸で天海が具体案を示していく。

「まず関東住民の避難誘導とその受け入れ先の確保。首都機能をほかの地域に分散することも緊急の課題です」

そのとき、「パン！」と手の鳴る音がした。皆が振り返ると、里城が笑いながら手を叩いている。

「なかなかお上手だ。仕掛けも大きい。関東沈没となれば、総理が望む札幌への首都分散にも反対しづらくなる。実によくできたフィクションだ」

東山が表情をこわばらせるなか、「フィクションなんかじゃありません！」と田所が立ち上がった。「これは現実にこの国の海底で起きている事実なんです！」

「詐欺学者の口車に乗るつもりはない」と里城は田所の抗議をはねつける。「話がお済みなら私はこれで」

腰を上げかける里城に天海が言った。

「里城先生はどうしても関東沈没を否定されたいんですね。だから私のことも潰そうとしたんですか」

常盤は驚いて天海を見た。そんなことは初耳だった。

「何か勘違いしているようだが、この私が君ごときを潰しにかかると思うのかね？」

「その言葉を聞けて安心いたしました。申し訳ありません。よからぬ噂を耳にしたものですから」

慇懃《いんぎん》に頭を下げてみせる天海を、里城は値踏みするように見返す。

「お互いデマには気をつけんとねえ」

「しかし、関東沈没はデマではありません」

「総理、こんな茶番で私を懐柔しようとしても自分の首を絞めるだけですよ」

東山にそう言い残し、里城は執務室を出ていった。

すぐに天海は東山を振り返った。

「総理。我々は危機対策を急ぎましょう」

「いや対策と言っても、里城先生があぁ言ってる以上は……」と長沼が言葉をにごす。

里城の賛同を得ることがなければ、具体的な対策など動かしようがないのだ。

「田所博士、本当に信じてもいいんですか？」

どうしても信じられないとばかりに東山は念を押した。

「これは現実です」

「何か止める手立てはないんですか？」

「残念ながらありません。今の我々にできることは、一刻も早く住民を避難させて命を守ることだ」

住民を避難させるって……関東には日本の人口の三割が暮らしているんだぞ。四千万を超える住民をどうやって避難させるというのだ。

強い焦燥感を抱き自分を見る一同に、東山は言った。

「……ひとりにしてくれないか。時間がほしい」


官邸を出た常盤は隣を歩く天海に声をかけた。

「とりあえず海保のデータの件、認めてもらってよかったな」

「ああ」とうなずき、「けど……」と天海は表情を曇らせる。「里城先生には相手にされなかった。どうやったらあの人を動かせるのか」

「ピーター・ジェンキンス」

ふと田所の口から旧知の名前がついて出る。

「ジェンキンス？」と天海が反応した。「あの高名なアメリカの地球物理学者ですか？」

「世界で私の次に優秀な研究者だ。世界的権威でもある」

「世界の権威に田所説を認めてもらえれば、里城先生も動かしやすいってことですか」

常盤にうなずき、田所は待っていたタクシーに乗り込んだ。

「それはぜひ、ジェンキンス博士に連絡を」と言いながら、天海も田所に続く。

ドアが閉まり、ふたりを乗せたタクシーが官邸の敷地を出ていく。

見送った常盤が歩きだしたとき、「こんにちは」とスーツ姿の大柄な女性が歩み寄ってきた。「失礼ですが、経産省エネルギー開発局の常盤さんですよね」

「はい」

「私、サンデー毎朝の椎名と申します」

差し出された名刺を常盤が受けとる。

「お噂はうかがってます。お父さまは常盤グループの会長。でも会社のことはお兄さまに任せて、ご自身は政界志向だとか」

嫌がるところをわざとついて本音を引き出させるタイプか……若い記者にしては珍しいな――そんなことを思いながら、常盤は言った。

「ひょっとしてお食事のお誘いですか？」

「……え？」

「冗談です。で、私に何か？」

「今日の官邸での会合についておうかがいしたくて」

「記事になるような話はありませんよ」

ふたたび歩きだした常盤に、「そんなことはないでしょう？」と椎名は追いすがった。

「関東沈没論者の田所博士を東山総理に会わせるなんて、ちょっとあり得ない設定ですよね」

「混乱を招いた言動を巡る謝罪と手打ちの会です」

「守秘義務のある官僚としては見事な模範解答ですね」

「お褒めにあずかって光栄です」

「まさか本当に沈没しちゃったりして」

冗談めかした椎名の牽制に、常盤は笑いで応える。

「プライベートならいくらでもお付き合いしますよ。あ、銀座に行きつけのお店があるんですが、今度どうですか?」

「ぜひ」と椎名も笑みを返す。


編集部に戻った椎名が編集長の鍋島と話している。

「東山総理と田所博士が会ってたってだけで、十分にニュースバリューはあると思うよ」と官邸を出る田所と天海と常盤の写真を見ながら鍋島が言う。

「いや、でも、その目的がわからないかぎりは……」

「ついさっき、気になる記事を見た」

鍋島がネット記事を表示させたスマホ画面を椎名に見せる。

『COMSの功労者、世良教授が東大教授を退任』と見出しにある。

「……次期総長ともいわれていた方ですよね」

「総理会見にも同席して関東沈没説を否定したばかりなのに突然の退任だ。何か臭わないか」

「……」

田所の研究室では、さっそく天海がジェンキンス博士とコンタクトをとっていた。パソコンを介し、オンラインで話をしているふたりをよそに、田所はデスクでデータの検証に没頭している。ジェンキンスを紹介するのはいいが、話をするのはごめんだと引っ込んでしまったのだ。

事情を説明し、「ジェンキンス教授、なんとかお願いできませんか」と天海は画面の向こうの老教授に頭を下げる。

しかし、ジェンキンスは首を横に振った。

「田所教授は私の次に優秀な研究者だが、彼とは二度と関わりたくない」

「……何かあったんですか？」

「奴は人間として最低だ。貸した金も返さない。私の車を勝手に乗り回して、ぶつけても謝罪のひと言もない」

アメリカでもやっぱりトラブルメーカーだったのか……。

天海はうんざりと田所を見る。いい気なもので、助手が運んできた天丼に目を輝かせている。天海はあらためて豊かなあごヒゲをたくわえた老教授を説得にかかる。

「あなたのお力がどうしても必要なんです。せめてデータを見てから判断――」

「お断りします」

ジェンキンスの顔が消えたモニターを、天海はぼう然と見つめる。

「ハハ、相変わらず小さい男だ」

丼のフタを開け、匂いを楽しみながら田所が毒づく。

「田所博士……」

「上天丼三つで六千六百円」

「はい?」

「出前代だよ。あとで返すから君が立て替えといてくれ」

「……お断りします」

「食いたいものくらい食わせてくれよ。明日ここが沈没することだってあり得るんだぞ」

「……」

「一年以内というのは、そういうことだ」

ガッガッと天丼を食べはじめた田所に、天海はため息をついた。

国会議事堂の近くにある洋館レストランの前に、黒塗りのセダンが横づけにされた。後部座席から降りてきた常盤に、入口で待っていたスーツ姿の女性が声をかける。

「紘一さま、なかで会長がお待ちかねです」

「あれ、さくらちゃん、髪型変えた？」

秘書の筒井咲良《つついさくら》が照れたようにショートボブの毛先に手をやる。

「少し……」

「似合ってる」

「ありがとうございます」

ギャルソンに案内され、常盤が店に入ると、「久しぶりだな、紘一」と父の統一郎《とういちろう》が出迎えてくれた。「正月以来か」

「お父さん、創立百周年のパーティーで会ったでしょう」

「そうだったか」

「で、今日はなんですか？　縁談以外は勘弁だよ」

「お前に会いたいという方が見えていてね」と統一郎は奥のソファを振り返る。

「え、ホント？」

　常盤が期待して覗き込むと、そこにいたのは意外な人物だった。

「里城先生……おっしゃっていただければうかがいましたのに」

　驚きながら、常盤はソファへと歩み寄る。

「いや、会長とも大切な相談があったからね」

「里城先生、私はここで。本日は本当にありがとうございました」

　統一郎は里城に一礼すると、「くれぐれも粗相のないようにな」と常盤に告げ、店を出ていった。

「今日は失礼いたしました」と頭を下げ、常盤は里城の前に座る。ワインを注がれ、恐縮しながら訊ねた。

「それで、お話というのは？」

「関東沈没の件だ。一年以内だ確率五〇％だと大げさすぎる。実際、どうなんだ？」

　あの場ではあんなふうに啖呵を切ったが、やはり気にはなっているのだろう。常盤は正直な思いを打ち明けた。

「未来推進会議で経緯を見てきた私としては、最悪の事態に備え、危機対策を真剣に考えるべきかと」

「……君もそこまで危機意識を」

「天海君の姿勢に触発されました」

「大学の同期なんだってな」

「はい」

「君も彼を認めているのかね」

「この国の将来を思う理想と情熱は本物です」

里城は値踏みするような視線を常盤に向ける。

「……君は？」

「……はい？」

「君の理想と情熱はどこにあるんだ？」

「私は……」

言いよどむ常盤に、里城は言った。

「君に期待しているんだよ。私の後継者として」

まさかの言葉に、常盤は戸惑う。

「……私が、里城先生の後継者ですか？」

「国に必要なのは経済を回せる人間だ。経済が止まったら、この国は死ぬ」

里城の言わんとするところはわかる。

関東沈没を国が受け入れた瞬間、経済は止まる。

株価は大暴落し、円の価値は下がり、国際的なマーケットから日本は締め出されてしまうだろう。

人間の死よりもはるか前に経済の死がやってくるのだ。

「頼りにしているよ」

里城のかかげたワイングラスに自分のグラスを合わせながら、常盤は底なし沼に足を突っ込んでしまったような不安を感じていた。


研究室に運び込まれた巨大な冷蔵庫のような汎用コンピューターに、助手のふたり、黒田と白川が悪戦苦闘している。

イライラしながら見守る田所の後ろに立っているのは、このコンピューターを持ち込んだ国交省の正岡春樹《まさおかはるき》だ。

「安藤の後任として未来推進会議に加わることになった正岡です。今後、海保の観測データはリアルタイムでここに提示――」

自己紹介する正岡をさえぎり、田所が怒鳴る。

「おい、海底地殻変動のデータ、これ、まだか！」

「もうすぐです……すみません」と白川が懸命に田所のパソコンとのネットワークを構築していく。

「早くしろ！　一分たりとも無駄にしたくないんだ」

「今、つながりました！」

壁のようにデスク周りを囲む複数のモニターにさまざまなデータが映しだされる。興奮しながらパソコンにかぶりつく田所に正岡が言った。

「なお、田所博士の雇用主は今日から内閣府です。この研究所も内閣府がDプランズ社から借り受けました。田所博士自身はDプランズとの関係を一切断ち切ってください」

「あー！」

＊

『臨海都市計画』の看板が貼られたフェンスを背に、天海と常盤が前方の海を見ている。足もとの護岸壁に静かに波が打ち寄せる。やがて常盤が口を開いた。

「啓示、里城先生と何があった？」

「俺のことが邪魔なんだろう。環境提言や危機対策は、里城先生のもくろむ経済発展と逆行してるからな」

「悪いことは言わない。一度詫び入れとけ」

「でっちあげの記事で俺を潰しにかかった人間にどうして頭下げなきゃいけないんだ」

気色ばむ天海を、常盤は説得にかかる。

「いいから関係は修復しておけ。里城先生が首を縦に振らないかぎり、総理も簡単には動けない。首都分散も危機対策もあの人に潰されたらおしまいだ」

しかし天海は納得できない。

「俺たちは誰のために仕事をしてるんだ？　政権のためじゃなくて国民のためだろ」

「そんなことはわかってるよ。だがな、経済が死んだら――」

「ＣＯＭＳを推進した俺たちには責任があるんだよ。国民を守る責任が」と今度は天海が常盤を説きはじめる。

「紘一、本当に時間がないんだ。関東沈没はいつ起きてもおかしくない」

「俺には信じられないよ。この東京が沈んでしまうなんて」と常盤は海の向こうにそびえ立つ高層ビル群に目をやった。天海も視線を移し、言った。

「……あのビルの一つひとつにたくさんの人がいて、その一人ひとりに大切な家族がいるんだ……」

その人たちの命は今、俺たちの手のなかにあるのかもしれない……。

天海の脳裏にふと、出漁準備をする父の笑顔が浮かんだ。

『お前は役人になって、俺らみたいな弱いもんを助けてくれるがやろ？　お前はお前の夢、叶えろや』

そう笑って、父は黒雲が覆う海へと出ていき、二度と戻ってはこなかった——。


ドアを開けると、廊下の向こうからハーモニカの音色が聞こえてきた。沓脱《くつぬぎ》にも子供と女性用の靴が置かれている。天海は慌てて靴を脱ぎ、「茜！」とリビングに駆けていく。

「お帰り、パパ」とソファから茜が立ち上がった。

「ただいま。どうしたんだ？」

「パパひとりで寂しいだろうからさ、遊びにきてあげたの」

抱きついてくる茜を、天海はやさしく受け止める。

キッチンから香織が顔を出した。

「……お帰りなさい」

「……久しぶり」

気まずそうなふたりを気づかうように、茜が言った。

「パパ、ハーモニカ聞いてよ。新しい曲覚えたんだよ」

「お。じゃあ久しぶりに聞かせてもらおうかな」

茜はハーモニカを手にとると、さっそく吹きはじめた。

どことなく郷愁を誘うメロディー。聞いたことはあるのだが曲名は思い出せなかった。

茜は楽しそうに吹いている。その顔を見ているだけで、胸にあたたかなものが込みあげ、泣きそうになってしまう。

そんな天海の様子を、香織は複雑な表情で見守っている。


久しぶりの家族団らんにはしゃぎすぎて疲れたのか、いつの間にか茜はソファで寝入っている。そんな娘を愛しげに見守る天海の前に、香織がスッと書類を置いた。

離婚届だ。

「……」

「……福岡に引っ越そうと思ってるの」

「福岡……?」

「野田《のだ》さんっていう人が実家の事業を継ぐことになって」

初めて耳にする名前に、「……野田さん?」と天海は怪訝な顔になる。

「翻訳の仕事を再開してから知り合った人。翻訳は福岡でも続けられるから、茜と一緒についていこうかなって」

ようやく目の前の離婚届と話がつながった。

「……じゃあ、その人と?」

申し訳なさそうに香織はうなずく。

「ごめんね。今まで黙ってて」

「そっか……」

香織に対しての愛情はまだある。離れて暮らすようになってから、より強くなった気さえする。

これからもふたりを支え、茜がどういう女性に育っていくかもそばで見守りたい。

しかし……。

天海は心のどこかでホッとしていた。

ふたりは東京から離れてくれるんだ……。

「……いいと思う」

「え……でも、あなた、茜と滅多に会えなくなるのよ」

「東京よりは空気もいいし、茜の身体にはそのほうがよっぽどいい。香織にとっても」

そう言って、天海はあらためて茜の寝顔を見つめる。重い荷物を降ろしたようなその表情に香織は違和感を抱いたが、それを言葉にすることはなかった。


深夜、デスクに置いた離婚届を天海がじっと見つめている。

ふたりを福岡に送り出すためにも離婚が一番いいとはわかっているが、これで十年の結婚生活にピリオドを打つとなると、なかなか手が動かない。

思ってもみなかった未練がましさに苦笑し、天海は署名欄に名前を書きはじめた。名字を書き終えたところで、パソコンにジェンキンスからのオンライン通信が入った。

「ジェンキンス教授！」と驚きながら受信する。「どうしました？」

「田所博士のデータを分析したよ」

天海は大きく安堵の息をついた。

「ありがとうございます」

「科学者として気になるところがあってね」

「それで、あなたの見解は」

「これが君の期待する回答なのかわからないが、事態はとても深刻だ」

ジェンキンスは眉間にしわを寄せ、自分の分析結果を話しはじめる。聞いている天海の顔から次第に血の気が引いていく。

翌日開催された未来推進会議で天海が話しはじめるや、会議室は騒然となった。

「……一年以内に関東が沈没？」と石塚はポカンと口を開ける。

相原は得意の英語すら出ず、「あり得ないでしょ」と吐き捨てる。

「なんなんですか、その予測は⁉」

「その確率五〇％っていうのは何か信頼できるエビデンスがあるんですか」

動揺をあらわに訊ねる白瀬と北川に、常盤が答える。

「田所博士が精度の高いデータをもとに弾きだした予測です」

「いや、だから信用できないんですよ」と財津が言った。「詐欺に加担した学者ですよ」

「我々にはもっと議論すべきことが」と大友などは現実逃避に走りはじめる。

ざわつく一同を見回し、天海がすっくと立ち上がった。

「昨日、地球物理学の世界的権威でもあるアメリカのジェンキンス教授から連絡がありました。残念なことに彼も田所説を支持しています」

ジェンキンスからの報告書をかかげる天海を見て、皆の動揺は広がっていく。

「そのことはすでに総理と副総理にも伝えてあります」と長沼が皆に報告する。

総理も承知ということで、騒ぎはさらに大きくなった。

「本当に関東が沈むってことですか⁉」「一年以内って……」「こんなんただの予測やろう⁉」「いや、すぐに信じすぎなんですよ、なんでも」

収拾がつかなくなった場にびっくり水を差すように石塚が言った。

「でも、現に日之島は田所博士が言った通り沈んでしまったわけですよね。予測を無視して何もしないというわけにはいかないいんじゃないでしょうか？」

たしかに、何も対策を打たずに関東沈没が現実のこととなってしまったら、冗談ではなく日本という国は滅びてしまうだろう。

皆がすっかり押し黙ってしまったところで、ようやく常盤が本題に入った。

「今日はその危機を想定した具体的な対策を検討する会議にします」

一同の緊張が増していく。すかさず天海が口火を切った。

「行政や経済の心臓部が壊滅するわけですから、首都機能の札幌分散を急ぐべきです。そして何より関東の住民四千万人の避難誘導です。避難先や輸送手段の確保を迅速に――」

「天海さん」と相原がさえぎった。「まだ頭が追いついていないんです」

「関東沈没なんてほんまに起こったら、一瞬で財政はパンクしてまうで」

財務省の織辺にとっては想像だにしたくないだろう。

「天海さん、沈むのは一年後なんですよね。まだ我々は冷静に——」

悠長な石塚の発言を天海のとがった声がさえぎった。

「一年後ではなく一年以内なんです。一年以内というのは明日にも起こりえるということなんです。やると決めて取りかからなければ間に合わなくなります」

「しかし、いつ起こるかわからないことのために自衛隊は動かせません」と防衛省の仙谷は戸惑い気味に返す。

「なんにしても信憑性がなさすぎて、まだあまり大げさにしないほうが」

財津の発言は、皆の危機感の薄さに苛立つ天海に声を荒げさせた。

「大げさで何が悪いんですか！」

その迫力に一同は一瞬で静まり返る。

「過去にも初動の遅れで危機を大きくした例をみなさん見てきたはずです。後手に回っちゃなんの意味もないんですよ！」

「……」

熱くなる天海から視線を移し、「常盤さんはどうですか？」と北川が意見を求める。

「天海君の言う通り、対策を急ぐべきです。そのためにこの情報を閣僚や各省次官、財界幹部や自治体首長などへと段階的に広めていく必要もあると私は考えています」

「私はその案には反対です」

まさかの反論に、「ん？」と常盤は天海を振り返った。

「中途半端な情報が広まれば、噂がひとり歩きをして憶測やデマを呼び、大きな混乱を招いてしまう。ましてや企業だったら自分たちの利益のために動きだすかもしれない」

「しかし、今どき我々だけで隠し通して情報統制するなんて不可能ですよ」

「隠し通せなんて言ってませんよ」と天海が大友に返す。「逆に一気に広げるべきだと言ってるんです」

驚いたように一同は天海を見た。

「憶測や情報格差を避けるために、早い段階で総理が全国民に危機を知らせて、住民を避難させるべきです」

「それは危険すぎる」と今度は常盤が反論する。「なんの準備もないこの段階で国民の不安をあおってパニックでも起きたら収拾がつかなくなる。早期の情報開示は株価や為替の暴落につながって、関東が沈む前に日本経済が沈む恐れだってある」

「常盤は人命よりも経済を優先するのか？　まさか誰かに忖度してるわけじゃないよな」

常盤は天海をにらみつけた。

「どういう意味ですか？」

「……いえ、ただの確認です」

その後も天海は熱っぽく皆をあおったが、ショックが大きすぎたのか議論が深まることはなかった。

頃合いかと長沼が会議を締めた。「では各自、今日の議題を持ち帰って、必要な対策案をまとめて次の議論に備えるように」

席を立ち、ぐるりと一同を見回し、続ける。

「なお、これは我々、総理と副総理しか知らない国家機密です。家族を含めたいかなる人間にも口外は厳禁。万一情報を漏らした者は懲戒処分とします」

皆に新たな緊張が広がっていく。


その夜、いつもの居酒屋で天海が飲んでいると、椎名が入ってきた。空いていた天海の前に勝手に座り、「生ビールとネギとろ丼をください」と愛に注文する。

「かしこまりぃ！」

ビールの炭酸と一緒にため息を吐き、天海は言った。

「ずいぶん取材熱心ですね」

「臨海都市計画と築地再開発事業が延期されるという噂について、お聞きしたいと思いまして」

「……延期？」

「私の取材資料です」と椎名はテーブルにファイルを置いた。すぐに天海は手にとり、目を通していく。

「二つの計画が同時に止まるなんて、東京の開発に急ブレーキがかかったみたいで、何か気味が悪いんです。裏で何か起きてるんじゃないかって」

資料に見入る天海の様子をチラとうかがいながら、椎名は訊ねた。

「まさか、田所博士が官邸を訪ねたことと関係がありますか？」

平静を装い、「考えすぎだ」と天海は椎名に資料を返す。

そこに、「生お待ちぃっ！」と愛がビールを置いた。

椎名がジョッキをかかげ、うまそうに飲む。

「この件は俺も調べてみる」

「もちろん、詳細は私にも教えてもらえますよね？」

「……わかった」

椎名と別れ、居酒屋を出た天海はすぐに常盤の携帯に連絡を入れた。

「臨海都市計画と築地再開発事業が延期？」

「ああ。参入を表明していた安友、石崎、三元などの旧財閥系の不動産会社が一様に参入申請を撤回したらしい」

驚く常盤にさらに告げる。

「常盤グループの常盤不動産もだ」

「！……」

「まるで関東沈没を知っているかのような対応だ。まさか、お前が何か言ったわけじゃないよな」

「なに言ってんだよ。これは極秘機密だぞ」

「だとしたら、誰から漏れたのか」

「……」

＊

翌日、常盤はグループの総本山ともいえる常盤ホールディングスを訪れた。会長室に行くまでもなく、ロビーで秘書たちを連れた統一郎と鉢合わせた。

「……紘一」気づいた統一郎が声をかけてくる。「どうしたんだ、今日は?」

「常盤不動産で聞いたけど、臨海都市計画を見送るように指示したのは父さんなんですってね」

「ああ」と統一郎はうなずいた。「当初の予測より利益が見込めなくなってな」

「里城先生から何か聞いた?」

統一郎は秘書から離れるように歩きだす。

「……なんの話だ?」

「あの夜、里城先生と何を話したんですか?」

「里城先生のご親戚がうちで働きたいということだったので、常盤医療で面倒をみることになった」

「本当にそれだけですか?」

口を閉じた統一郎に常盤はさらに問いを重ねる。

「重大な国家機密、聞かされたんじゃないですか?」

統一郎の表情がかすかにこわばる。

「答えてください。聞いたんですよね」

「……里城先生に失礼じゃないか？」

捨てゼリフを残し、統一郎は秘書たちのところへと戻っていく。

言質こそとれなかったが、父の態度はイエスと答えたも同然だ。

常盤は憂鬱な思いを抱え、踵《きびす》を返した。


その頃、東山は副総裁室に乗り込んでいた。

「どういうことですか、里城先生！」と険しい表情で里城に迫る。「臨海都市計画の会合で情報を漏らしたそうですね。閣僚にも伏せている極秘情報を」

涼しい顔で里城は答えた。

「私は混乱を避けるために、有事に備えての協力を企業のみなさんに要請しただけです。もちろん箝口令も敷いています」

「その企業が軒並み東京の再開発計画から手を引いています。首都圏の不動産を売って、地方中核都市の不動産を買う動きもある。すぐに止めてください」

「……」

「これは国家機密情報に基づくインサイダー取引です。この極秘情報が拡散でもしたらどうするんですか！」

「お気に召さないのであれば、私をお切りいただいてもかまわないんですよ。総理、あなたにはその人事権があるんですから」

里城は悠然とした笑みを浮かべ、続けた。

「あなたの力でどこまで政権を維持できるのか、それを見てみたいものです」

東山は強く唇を噛む。口のなかに鉄のような味が広がっていく。


田所の研究室に入ろうとしたとき、スマホが鳴った。表示された『椎名実梨』という名前を一瞥《いちべつ》し、天海はスマホをしまう。

研究室では田所がじっと天井を見上げていた。微動だにしない田所に、「どうしたんですか?」と声をかける。

田所は天海へと視線を移した。その目は血走り、心なしかうるんでいるように見える。

「海保のデータで何かわかったんですか?」

「検証を突き詰めれば突き詰めるほど、怖くなる」

田所はパソコンに向かい、モニターに関東の地図を表示させた。マウスを操作すると、みるみるうちに赤い点が沿岸部を埋め尽くしていく。

スロースリップがこんなに……。

動揺をどうにか抑え、天海は訊ねた。

田所は悲しみを帯びた声で話しはじめる。

静かなバーの個室で、常盤が酒を飲んでいる。重苦しい表情でグラスを干し、琥珀色の液体をふたたび注ぐ。

すっと天海が入ってきた。

「珍しいな。お前がこんなところに呼び出すなんて」

常盤はオンザロックをもう一つ作り、天海の前に置いた。

「ありがとう」

「……ここだけの話な」と常盤は苦々しく切り出した。「俺の父は認めなかったが、あの様子じゃ間違いない。里城先生が財界の要人に国家機密を漏らしている。それを受けて、大手不動産が東京を売りに出し、札幌や大阪、名古屋、福岡などの土地を買いはじめた。お前が危惧したことが現実になってきたよ」

「さすが里城先生だ。あまりの早業にもう笑うしかないな」

天海はひと息でグラスを空けると、シングルモルトをまた注ぐ。その表情に、天海も何かを抱えているのだと常盤は気づいた。

「……お前も、何かあったのか？」

今度は味わうようにひと口飲み、天海は語りだした。

「田所博士が新たな見解を伝えてきた」

その口調から、常盤は状況がさらに厳しくなったのだと覚悟する。


カウンターでカクテルをかたむけながら、椎名は背中に意識を集中する。個室を出てきた天海と常盤が背後を歩き去っていく。

ふたりが店を出たのを目の端で確認すると、椎名は席を立った。トイレに行くふりをして、個室に身体を滑り込ませる。

棚の上の花瓶に隠したボイスレコーダーを回収すると、椎名はすばやく個室から出た。録音中の赤い光を確認し、大きく一つ息をつく。

「……」


帰宅した椎名はすぐに自室にこもった。ボイスレコーダーを再生させながら、交わされる天海と常盤の会話をパソコンで書き起こしていく。

『田所博士が新たな見解を伝えてきた』

真剣さが増した天海の声音に自然と椎名の緊張も高まる。

『スロースリップを観測できる地点がどんどん増えている。加速も早まったらしい。遅くとも半年以内に関東沈没が始まる』

あ然とし、キーを打つ手が思わず止まる。

『半年以内？』

『その確率は七〇％を超えるそうだ』

しばし重い沈黙が流れ、やがて常盤の切迫した声が聞こえてきた。

『明日にでも緊急会議を招集する。総理や副総理とも話ができるように掛け合ってみる』

その後は書き起こすような話は出なかった。

椎名が再生を止めると、「実梨、ご飯できたわよ」と母の和子《かずこ》の声が聞こえてきた。

「……今、行く」

食卓には椎名のためのひとり分の料理が並んでいた。カレイの煮つけにかぼちゃの煮っころがし。みそ汁を置きながら、「さあ、食べて」と和子が椎名をうながす。

動揺を胸に、椎名はテーブルにつく。

「……お母さん、あのさ」

「なあに？」と和子が正面に座った。

「亘《わたる》が、母さん長崎に来てくれないかなって言ってたんだけどさ」

「やさしいとこあるじゃない」と和子は微笑む。「でも私は透析で病院通わなきゃいけないし、大体子供が四人もいるのに迷惑よ」

「でも、子供たちはばぁばのこと大好きでしょ」

和子はいたずらっぽく笑って、言った。「本当はね、ちょっと面倒なの。だって、あの家行ったら私いろいろ手伝わされちゃうから」

「でも、長崎大好きって言ってたじゃない。海がある街で暮らしたいとか。ほら、あったかい街で暮らしたいって言ってたじゃない！」

感情的になる娘を怪訝そうに見つめる。その目がうるんでいるのに気づき、和子は驚いた。「どうしたの、実梨？」

「……ごめん……いただきます」

同じ頃、天海は自室でパソコンに流れる映像を見ながら、やりきれない思いを酒の酔いで鎮めていた。モニターに映っているのは真新しいランドセルを背負った茜だ。

『茜ー、いいよ』という香織の声に合わせて、画面の茜がしゃべりはじめる。

『パパ～、小学生になったよぉ！　ランドセルはピンク色だよ！　どう？　かわいいでしょ。パパー、お仕事がんばってね』

茜の笑顔に、田所の言葉が重なっていく。

『今の我々にできることは、一刻も早く住民を避難させて命を守ることだ』

そんなことはわかっている。

しかし……。

そこにたどり着くまでに乗り越えなければならないいくつもの障壁を思い浮かべ、天海は深いため息をついた。

＊

その日の未来推進会議は最初から紛糾した。常盤が、田所博士が新たな見解として関東沈没の時期を一年以内から半年以内へと早め、その確率を五〇％から七〇％に引き上げたと報告したのだ。

騒然となる一同に常盤は冷静に告げた。

「今、みなさんが動揺したように国民も動揺します。だからこそ、入念な調査をして明確な対策を示せなければなりません。やはり段階的に国民に情報を開示すべきだと私は考えています」

「常盤議長の言う通りです」と即座に賛成したのは財務省の織辺だ。「申し分ない補正予算を組むには時間も必要です」

国交省の正岡も、「避難の際の交通網の整備にだって、どれだけ時間がかかると思ってるんですか」と情報開示は慎重にすべきだという姿勢を崩さない。

ほかの面々も賛同を示すなか、天海は言った。

「対策を固めている間に沈没したらどうするんですか？」

「それはいくらなんでも飛躍しすぎです」とすぐに常盤が反論する。「最低限、調整する時間がほしいと言っているだけです」

「その間に情報を知る人間が増えれば必ずどこかで漏れる。もしこの情報に優先順位がついていると国民が知ったなら、国民は誰も政治を信じなくなる」

「それは総務省ですでに議論済みです」と大友が天海に答える。「徹底した情報統制がとれるとの判断です」

「それは無理ですよ」と天海が返す。「現に、この時点ですでに情報は漏れています」

「え⁉」と一同はどよめいた。

「情報が漏れてるって、どういうことですか？」

石塚に問われ、天海はあっさりと答えた。

「里城先生が財界の要人に情報を伝えました」

お前の情報漏洩の早さも里城先生並だな……と常盤が心のなかでため息を漏らす。

「里城先生が？」

驚く一同に向かって、天海は続けた。

「その情報をもとに大手不動産各社が東京の開発事業から手を引いて、首都圏の土地を売りに出しています」

常盤は怒りのまなざしを天海へと向ける。

皆がざわつくなか、正岡が言った。

「そういえば臨海都市計画にストップがかかってます」

「天海君」と長沼が口をはさんだ。「その話を裏付ける証拠はあるんですか？」

天海は常盤をチラと見返す。常盤は天海をにらんだままだ。

「信頼できる友人から聞いた話です」

一同が失笑し、長沼があきれたように言った。

「それこそ、ただの噂話じゃないか」

すかさず常盤が口を開く。

「我々の役目は、この危機を乗り越えて国の未来を見据えることです。経済損失と混乱を最小限に抑えるためにも、段階的に情報を開示すべきです」

しかし天海は一歩も引かない。

「いや、前にも言いましたが半年以内というのは明日かもしれないんです。たとえ混乱しようとも、住民の避難さえできれば人命は守られるんです。だからこそ早急に一斉開示すべきだと思います」

「これじゃあどこまでいっても平行線だ。今日にでも総理へ提言したい」

焦れたような長沼の発言を聞き、相原が言った。

「議長、採決にしませんか」

「……わかりました」

「待ってください。もっと議論を煮詰めてからでないと——」

天海をさえぎるように、常盤が言った。

「天海君の主張する早期の一斉情報開示に賛成の方はほかにいらっしゃいますか」

皆、黙ったままで手を挙げる者はひとりもいない。

「では、対策を固めながら段階的に情報を広めていく。これを当会議の結論として総理に提言します」

長沼の言葉に、皆から「異議なし」の声があがる。

「では今日はここで散会とします。お疲れさまでした」

会議室を出ていくメンバーたちを見送る常盤の前に、天海が立ちはだかった。

「本当にこれでいいのか、紘一？」

常盤はゆっくりと天海を見返した。

「国民の命を左右する情報なんだぞ！」

「結論は出た。みんな納得してる」

そう言うと常盤も席を立ち、会議室を出ていった。


日比谷公園の噴水前のベンチに座った天海が、楽しそうな家族連れを眺めている。幸せを絵に描いたような光景に、天海のなかに恐怖がふくれあがっていく。

これからの自分たちの判断、行動一つで、幾万幾十万幾百万のこんな光景が打ち砕かれてしまうのだ。

ふと気配を感じ、横を見るとベンチの端に椎名が座った。

「……ずっと電話に出てくれませんでしたね」

「すまない。こっちもいろいろ立て込んでたんだ」

速射砲のような文句を浴びせかけられるのかと思いきや、椎名はそこで口をつぐんだ。

いつまでも黙っている椎名に、天海が怪訝な表情を向ける。

意を決したかのように、椎名が顔を上げた。

「この原稿、ご確認いただけますか」

椎名が差し出したのは、まだゲラにもなっていない原稿だった。冒頭に太ゴシック体で『関東沈没の可能性　半年以内に七〇％』との見出しがつけられている。

むさぼるように原稿に目を通す天海に、震える声で椎名が告げた。

「私なりに情報をつかみましたから」

「……どこから得た情報だ？」

「情報源はあなたです」

そう言って、椎名は取り出したボイスレコーダーを再生した。

『遅くとも半年以内に関東沈没は始まる』

『半年以内……？』

昨夜のバーでの常盤との会話だ。

自分のわきの甘さに天海は愕然としてしまう。

「……ずいぶん汚い手を使うじゃないか」と原稿を突き返す。

「ごめんなさい。でも何か恐ろしいことが起きているような気がして……私がそれをつかまなきゃいけないような気がして……怖かったんです……今もずっと」

消え入りそうな声で椎名は続ける。

「でもまさか、こんなものが出てくるなんて……」

「……」

「これを記事にしていいのか……書いてしまったらどういうことになるのか……でも、これを伝えるのが私の使命なんですよね」

自分に言い聞かせるように椎名は言った。

「伝えたいのは俺も同じだ。けど、どう伝えるかですべてが変わる。週刊誌ではなく、総理の口からでなきゃ駄目なんだよ」

「あなたがそう言うのなら、政府の発表に合わせて出します。いつですか？」

途端に天海は苦渋の表情になる。

「……発表の予定は、ない」

「なんですか、それ？　命に関わることなんですよ？　事態は切迫してるんですよ⁉」

黙ってしまった天海に、椎名はあふれ出る感情をぶつけていく。

「あなたはそれでいいんですか？　あなたは何も動かないんですか？　市民の未来を左右する情報なんですよ！」

しかし、天海は答えられない。

「あなたたちが知らせないのならば、私が書きます」

憤然と言い放ち、椎名は去っていった。

「……」


このまま放置するわけにもいかず、天海は総理官邸へと足を向けた。長沼に報告すると、すぐに東山の執務室へと連れていかれた。すでに里城が来ており、応接ソファに身を沈めている。

「週刊誌が関東沈没を嗅ぎつけた？」

「はい」

慌てる東山を尻目に、里城は目をつぶったまま微動だにしない。

「そんな記事が出たらパニックになるぞ！」

「それを避けるためにも、記事が出る前に総理自ら国民に知らせるべきです」

「私が自ら？」

「そうです」と天海は強くうなずく。

「状況が許せば私だってそうしたい。だが、今はまだ危機対策の体制も整っていない」

と東山は顔をゆがめる。

「体制が整っていなくても、市民が関東から避難さえすれば人命は守れます」

里城がゆっくりと目を開け、天海へと視線を向けた。

「私も反対だ。まだ知らせるべきじゃない」

「ですが、マスコミはそれを発表してしまうんです」

「それを握りつぶすのが君の役目じゃないのかね」

いとも簡単に里城はそう言った。

「それが無理なら総理が記事を否定すればいい」

「国民に対して嘘をつけと言うんですか？」

青臭い東山の言葉に、うんざりしたように里城が返す。

「一度沈没を否定してるんだ。同じことですよ、総理」

「……」

「週刊誌が間違えることだってあるでしょう？　君らができないんだったら、私がその週刊誌、潰しときますから」

しばし黙考し、東山は口を開いた。

「……わかりました。遅くとも二か月以内に情報開示できる体制を作りあげます」

「二か月？」と天海は驚き、そしてあきれた。「本気でおっしゃってるんですか？」

そんな天海に、「何が不満なんだ？」と里城が苛立ちをあらわにする。

「その二か月の間に沈没が起きれば、国民は何も知らないまま悲劇のなかに放り込まれることになるんです」

諭すように長沼が言った。

「天海君。もちろん危険な兆候があったなら、総理も柔軟に対応する」

「兆候ってなんですか？　今までの大きな災害のときにそんな兆候ありましたか⁉　災害は突然襲ってくるんです！」

そんなことは言われなくてもわかっている……！

葛藤を呑み込み、東山は言った。

「天海君の言うことも正論かもしれないが、私はもっと高い視点から国を案じている」

「ですが――」

「心配ない。体制が整ったら、必ず私が自分の言葉で説明する」

「……」

絶望感に打ちひしがれながら天海は執務室を出た。

官邸を出る頃には、それは怒りへと変わっていた。

権力を正しく使おうとしない者たちへの怒りと、無力な自分への怒りだ。

『命にかかわることなんですよ。あなたは何も動かないんですか?』

『何をどうするかは君が決めろ』

『お前は役人になって、俺らみたいな弱いもんを助けてくれるがやろ』

椎名の、田所の、父の言葉が天海を責め立てる。

「……」

＊

編集部の隅で、鍋島が椎名から渡された原稿を読んでいる。

『関東沈没の可能性　政府が危機対策を検討か』──憶測をもとにした飛ばし記事ではなく、きちんと裏もとったよくできた記事だった。しかし……とてつもないスクープには違いないが、その破壊力はこの雑誌、いや会社全体を巻き込みかねない。

「今入れれば明後日発売の今週号に間に合います」

前のめりになる椎名を制し、鍋島は言った。

「これは出せない」

「……どうしてですか?」

「内容が危険すぎる。もし誤報だった場合、うちが廃刊に追い込まれかねない」

「……何か圧力でもかかったんですか？」

「……」

「命の危険を国民に知らせる記事なんですよ！」

「……これは編集長判断だ。あきらめてくれ」

「！……」

怒りと悔しさに身を震わせながら、椎名は原稿をつかんで編集部を出ていった。


人けのなくなった丸の内のオフィス街を天海が歩いている。毎朝新聞の本社ビルが目に入り、天海はポケットからスマホを取り出した。しかし、椎名の番号を表示させたところで手が止まった。

頭に浮かんでしまったひどく危うい考えを、「ないない」と振り払い、ふたたびスマホをポケットにしまう。

と、ビルから飛び出すように椎名が出てきた。

悔しさをにじませたその顔を見て、天海は思わず歩み寄った。椎名が気づき、戸惑う。

「天海さん」

「……君に電話しようか迷っていたところだった」

「……安心してください」

「？……」

「残念ながらあの記事は出ません」

「どうして？」

「編集長が政府側の報復を恐れています」

「……」

「悔しいです」と椎名は口をへの字に曲げ、唇を嚙みしめる。「もし危機を知らせないまま、関東沈没の日を迎えてしまったら……悔やんでも悔やみきれません」

今にも泣きそうな椎名の顔を見て、振り払ったはずの考えがふたたびむくむくと頭をもたげてきた。

「……戦ってみないか？」

気がつくと、そんな言葉を口走っていた。

内心慌てたが本音を解き放った途端、心が軽くなり、同時に力が湧いてきた。

驚きの表情を浮かべ見返してくる椎名に、天海は決意のまなざしを向けた。

「一緒に、戦ってみないか」

「……」

翌朝。

郵便受けから新聞をとった常盤は、飛び込んできた一面の見出しに思わず、「え？」と声を漏らした。

『関東圏沈没の可能性』――。

見間違いではない。黒地に白の太ゴシック体で、たしかにそう記されている。

「なんで……」

『以前から話題にのぼっていた関東沈没説についてです。田所博士が主張していたこの関東沈没説。毎朝新聞が今日一面で大きく取り上げています。見出しには大きく「関東圏沈没の可能性」とあります。このように大手新聞が大々的に取り上げたことにより、国民の間には不安と動揺が広がっています。政府が危機対策に乗り出したと記事にはありますが、その真偽については今後注視していきます。いずれにいたしましても、関東沈没――これが現実のものとなれば、大変大きな危機が私たちに襲ってくるということは間違いありません。今後の政府の動向をよく観察し――』

ワイドショーの司会者の顔がふっと画面から消えた。

「誰だ、テレビ消したの」と織辺が振り返ると、険しい表情をした長沼がリモコンを手にしていた。

未来推進会議メンバー一同はテレビに見入っていたから、長沼が会議室に入ってきたのに気がつかなかったのだ。

織辺はバツが悪そうに新聞をかかげた。「なんでこんな記事が出たんや！」

「官邸の動きも海底調査の内容も詳細に書いてありますよね」

「よほど詳しい情報源がないかぎり、出せない記事ですよ」と石塚が相原にうなずく。

一同を見回し、長沼が言った。

「まさか、このなかにリークした人間はいないよな」

皆が疑心暗鬼のまなざしで牽制し合うなか、天海はじっと新聞を見つめている。そんな天海を常盤が気にする。

「もう一度聞く。国家機密を漏らした者はいないよな？」

天海は顔を上げ、挑戦的な視線を長沼に向けた。

第四話　関東沈没のはじまり

「官房長官」

　緊迫する空気を天海の声が破った。

「それよりも我々には危機対策を進める使命があります。まずは四千万人を超える関東住民の避難と首都機能の分散。急がなければなりません」

　内心の憤りを抑え、常盤が返す。

「ですが、段階的に情報を開示するという我々の方針はすべて崩れてしまいました」

「こうなった以上は前向きにとらえるしかないんじゃないですか」

「そうですよ」と石塚は相原に同意する。「逆に自由に動けるようになったことで住民避難も迅速に進みます」

「見事に天海君の思惑通りですね。どうしてなんですかねえ?」

　皮肉めいた物言いに、「何が言いたいんだ?」と天海が常盤に訊ねる。常盤はただ黙って天海を見返す。

「言いたいことがあるなら、ちゃんと言ってくれよ」

「ちょっとちょっと」と石塚が割って入る。「どうしちゃったんですか、ふたりとも」

そのとき、「ちょっと」「ちょっと待ってください」と大友が大きな声をあげた。スマホに新たなニュースが着信したのだ。「今、毎朝がネットでこんな記事を」

それは東山総理が本日中に国民に向けて、この件について会見を開くことを検討しているというものだった。

記事を確認した織辺が首をひねる。

「官邸側もこの記事が出ることを知ってたってことなのか？」

「まさか官邸側のリークってことはないですよね？」と石塚は長沼をうかがう。

「あり得ない！」

即座に否定し、長沼は会議室を飛び出した。


「話が違うじゃないか！」

副総裁室を訪れた長沼に、里城はいきなり叱責の声を浴びせた。

「君が東山君をコントロールするというから総理に担ぎ上げてやったのを忘れたのか。

会見はやめさせなさい」

「いやしかし、それでは国民もメディアも黙っていません」

「大丈夫ですよ」と里城は声のトーンをやわらげた。「この国の人間は実にお行儀がいい。怒りや不満はすぐに忘れてくれますよ」

「……とにかく、総理が書かせた記事ではないことは私が保証します」

「だとしたらバックに誰かいるはずだ。突き止めなさい」

有無を言わせぬ里城の圧に、長沼はうなずかざるをえない。


会議室のテーブルに毎朝新聞を置き、鍋島は椎名に厳しい顔を向けた。

「これは記事を止めた俺への当てつけか？」

「国民に危機を伝えるにはこれしかありませんでした」

「君はしばらく出勤を控えてくれ」

「……なんでですか？」

「官邸から主な週刊誌に、万一、関東沈没を報道する際には確固たるエビデンスをとるようにと脅し同然の警告があったんだ。それをよりによってうちの新聞に持ち込むなんて」

「……」

「本社からの指示だ。一時間以内にここに行ってくれ」

渡されたメモには赤坂の老舗ホテルの部屋番号が書かれていた。

「ここって」

「官邸からの呼び出しだ」

「……官邸？」

「総理大臣だ」

椎名は目を見開いた。「でも、私の名前は」

「官邸甘く見るなよ」

「……」


ホテルへと向かう前に心を落ち着かせようと、椎名は日比谷公園に立ち寄った。噴水を見ながら天海に電話をかける。

「そうか。もう君にたどり着いたか」

「ジャーナリストとして、こういうことは覚悟してました……でも……」

声を震わせる椎名に天海が訊ねる。

「何か不安でもあるのか？」

「私にも家族はいますから」

「何かあったら俺がすべての責任を背負うよ」

何かを感じ、椎名は弾かれたように振り返った。背後の木陰にスマホを耳に当て、自分を見つめる天海の姿があった。

「記事を出すように頼んだのも俺だと、いつでも言っていい」

椎名は天海をじっと見つめる。

「君は堂々と振る舞えばいい……俺は俺なりのやり方で戦ってみる」

「……はい」

椎名は強くうなずいた。さっきまでの不安は嘘のように消えていた。


エレベーターを出ると秘書官が待っていた。誘われ、椎名はあとに続く。ノックをし、秘書官がドアを開ける。

「なかへどうぞ」とうながされ、椎名は部屋に入った。

奥のソファに東山がいた。

目が合い、途端に緊張が襲ってくる。モニター越しに見る親しみやすい、さわやかな雰囲気とはまるで違う、一国の総理としての威厳に圧倒されてしまう。

「……サンデー毎朝の椎名です」

どうにか挨拶すると、東山は険しい表情のままうながした。

「おかけください」

「失礼します」と椎名は東山の正面に座る。

東山はテーブルに置かれた新聞を目で示し、言った。

「この記事は誰からのリークですか？」

「リークではありません。取材で得た情報です」

「取材相手はどなたですか？」

「情報源を守るのは記者としての務めですので」と椎名は名を明かすことを拒む。

「これは国家機密なんです。私はあなたを罪に問うこともできる」

「しかし、その国家機密を財閥系の不動産企業は里城副総理からすでに知らされていましたよね」と椎名は一歩踏み込んだ。

「それは危機対応への協力を約束してくださった方たちです。国民すべてに知らせるのとは意味が違う。しかも、私が今日会見を開くという記事はあきらかな虚偽報道だ」

それは天海からのたっての願いだった。情報公開に関しては、総理自らの言葉こそが最優先事項になる。そのための道筋を作ることが必要なのだと——。

「……勝手ながら、総理のお立場を配慮させていただきました」

「私への配慮？」

「生命に関する重大情報を国民に隠蔽したとなれば、相当な総理批判が予想されます。ですが、総理が会見で広く国民に知らせる意向であったなら、それは防げます」

「一介の記者が、一国の総理に会見を強要するんですか！」

東山は声を荒げたが、椎名は冷静に受け止めることができた。怒りのその裏側に、かすかな安堵の思いが透けて見えたような気がしたのだ。

「関東沈没の危機は揺るぎない事実です。いずれ国民にも言わなければならないことではありませんか。東山総理なら国民に寄り添ったご判断をなされると、ひとりの国民として、私は信じています」

「……」

ホテルを出た椎名は、数歩進んでへなへなと崩れるようにかがみ込んだ。

まさか自分が総理に対して、あそこまで強気な発言ができるとは思ってもみなかった。思い返すと体中が震えてくる。

息を整え、椎名は立ち上がった。

そんな彼女を監視する目がある。椎名は気づかず、歩きだした。


官邸に戻った東山は自席についたまま、じっと考えに沈んでいる。そんな東山を長沼がかたわらで静かに見守っている。

やがて、東山の口から思いがこぼれた。

「総理というのは孤独な仕事だ。どんな苦渋のときですら、なんらかの決断をしなければならない」

「いろいろお考えもあると思いますが、ここは里城先生の顔を立てて静観を決め込むべきかと」

「……それは君の本心からの言葉か？」

「政権維持のためには里城派を敵には回せません」

東山は失望したように長沼に目をやった。

魑魅魍魎《ちみもうりよう》が跋扈《ばつこ》する政界を二人三脚で渡ってきた相棒ですら、自分のことを信頼してはいないのだ。

ノックの音がして、秘書官が執務室に顔を出した。

「未来推進会議の天海さんが面会を希望してらっしゃいます」

「そんな場合じゃない。断ってくれ」と長沼が返す。しかし、東山は言った。

「いや、通しなさい」

驚く長沼に、さらに告げる。

「長沼君、悪いが君は外してくれ」

屈辱感を胸に長沼は執務室を出る。入れ違うように天海が入ってきた。

緊張気味に東山の前に歩み寄り、「突然申し訳ありません」と頭を下げる。

「失礼ながら、会見に備えた原稿案をご用意させていただきました」

そう言って、原稿の束をデスクに置く。

「……やはり君は会見を開くべきだと?」

「はい」

「だが、この危機を伝えたとき、国民がどう反応するのか……私は怖い」

「しかし、何も伝えないまま関東沈没の日が来たら、多くの人を見殺しにすることになります」

もし、そんなことにでもなったら、私は自分のことが許せない。

そんな東山の心中を察したかのように、天海は言った。

「私は総理が就任の際におっしゃった言葉に感銘を受けました。国民に寄り添ったガラス張りの政治——今こそそれを実現するときではないでしょうか」

険しい表情で天海を見つめていた東山の視線がデスクに落ち、その手がすっと原稿の束へと伸びていく。

＊

官邸の記者会見室、深い海のような濃紺のカーテンをバックに演壇に立った東山は居並ぶ記者たちを見回すと、おもむろに口を開いた。

「本日、みなさんに集まっていただいたのは、関東沈没の実態について、広く国民のみなさまにお知らせしなければならないと考えたからです。報道にもありましたが、近い将来、首都東京を含む関東地区が沈没する可能性があることが判明いたしました。原因は、地球温暖化による海水圧の上昇というのが専門家の見解です」

会議室では未来推進会議のメンバーが食い入るようにモニターを見つめている。静かにドアを開け、入ってきた天海がそこに加わる。

「あくまでも可能性があるという話ではありますが、首都機能を札幌に分散し、有事に備える。と同時に、国民のみなさまの安全を守るために万全の災害対策を準備している最中でございます」

副総裁室のモニターで会見の様子を見守っていた里城の眉間に深いしわが寄り、こめかみに血管が浮かび上がっていく。

「正しい情報は、政府が逐次発表してまいります。誤った情報に惑わされることなく、国民のみなさまには冷静な行動をお願いいたします」

報告を終えると質疑応答となった。記者からの質問に、東山が答えていく。

「半年以内で七〇％の確率とありますが、すぐにでも避難指示を出すべきではありませんか？」

「その時期と確率は新聞が報道したものです。いたずらに危機感をあおる内容には私は疑問を感じます」

「ではいつ沈むのか、政府ではどの程度の検証作業が進んでいるのでしょうか？」

「すぐに専門家チームを作って検証してまいります。危機対策については、私の諮問機関である未来推進会議がすでに協議を始めています。今後はこの未来推進会議が危機対策の中心となって機能していきます」

あらためて総理から告げられた使命の重大さに、未来推進会議のメンバーたちは気を引きしめた。

「一部では総理が推進したCOMSがこの危機に影響を及ぼしたという話もあります。総理の見解をお聞かせください」

「COMSとの因果関係は一切証明されておりません。海水圧の上昇が主な要因であるというのが専門家の見解です」

「それでは──」と次の質問者を指名しようとした広報官をさえぎり、長沼が言った。

「予定していた時間を経過いたしましたので、本日の会見は以上とさせていただきます」

「総理！」と記者たちが呼びかけるなか、東山は会見場をあとにした。


「とうとう総理が認めましたね」

興奮気味に石塚に声をかけられ、相原がうなずく。

「危機対策をゆだねられた私たちの責任は重大ですね」

「では、みなさんそれぞれの省に戻って議論していただき、あらためてこの場で協議させてください。よろしくお願いいたします」

常盤が散会を告げると、一同は席を立った。

「うわ、さっそく呼び出しきたわー」「いや、こっちもですよ」などと言いながら、皆が会議室を出ていくなか、天海の携帯に田所からの着信が入った。

廊下に出てスマホに耳を当てると、怒声が鼓膜を震わせた。

「あんな会見じゃ意味がない！」

天海は顔をしかめ、スマホを少し遠ざける。

「私があれだけ明確に伝えているのに、なぜ時期や確率を曖昧にする⁉」

「私もそうお伝えしたんですが、総理としては国民の混乱と経済被害を最小限に抑えたいんでしょう。でも、まず一歩は踏み出せたんです」

「それじゃダメなんだ！　危機感を伝えないでなんのための会見だ。今も関東沈没のカウントダウンの真っ最中なのに、あれじゃ手遅れになる！」

「わかっています。次の手を考えますので。では」

会議室へと戻っていく天海を、常盤がじっとうかがっている。


記者会見で東山総理が関東沈没の事実を認めたことで、日本中は大混乱に陥った。首都圏を脱出しようとする人々の行動で交通網は麻痺状態。すでにマーケットは閉まっていたが、先物市場において株価は大暴落。取引を一時停止するサーキットブレーカーが発動するなど、経済的にもとてつもない損失がもたらされることが明らかになった。

『……市場関係者によると明日の平均株価は三千円以上値下がりし、将来的には二万円を割る恐れもあるとのことです』

　いまいましげにテレビを消した里城が、かたわらに座る常盤に言った。

「余計なことをしてくれたもんだ。この国の根幹は経済だという当たり前のことも総理はわかっていない。天海もだ」

　いきなり飛び出した親友の名前に、常盤が怪訝な顔になる。

「……天海が何か？」

「記者会見をするよう総理をそそのかしたらしい」

「！」

「総理が会見であぁ言った以上、未来推進会議の役割も大きくなる。議長として、天海に主導権を渡すことだけは絶対に阻止しろ」

　それを告げるために副総裁室に呼んだのか……。

　里城の手足として使われることは本意ではない。忸怩《じくじ》たる思いがつい顔に出る。すかさず里城が言った。

「紘一君、政治家を志すなら甘さは命とりになるよ」

「……」

日本未来推進会議は新たなフェイズに入った。今までのように所属する省庁の代表として日本の未来の指針を示すというような曖昧な役割ではなく、総理直轄の危機対策本部として具体的な働きを求められることになった。会議室にはデスクやパソコンなどの事務機器が搬入され、そこを本部に新たな部署として動きだすことになったのだ。

東山は、決意も新たに勢ぞろいしたメンバーを見回し、告げた。

「今日から君たちは内閣府出向になります。この難局を乗り越えるために、今こそ各省庁の壁を取り払い、迅速に最善の対策を導き出してほしい」

「はい」と皆は声をそろえる。

東山の隣に立った長沼が補足する。

「この先、想定される事態に備えるために、警察庁の小山《こやま》さんにも参加してもらいます。諸君には、今後政府が出す警戒宣言の骨子となるものをまとめてもらう。一分一秒を争う有事です。不眠不休の覚悟で臨んでほしい」

「責任を持ってやらせていただきます」と常盤が代表してふたりに応える。

「では、総理」

長沼が東山をうながし、ふたりは出ていく。

新メンバーの小山と挨拶を交わすと、それぞれは与えられた自席についた。

「一気に戦場に放り込まれた気分だな」

苦笑する仙谷にうなずき、「毎朝にすべて狂わされましたね」と白瀬がぼやく。

「でも僕は助かりましたよ」

そう言ったのは石塚だ。「家族を地方に避難させたいのに、機密情報を言うわけにもいかず苦しかったですから」

同じような思いを抱いていたのだろう。「たしかに」と多くの者がうなずいた。

「みなさん、ちょっとこちらを見ていただけますか」

いち早く仕事モードに入った天海が、奥のテーブルに関東の地図を広げる。地図は赤、橙、黄、緑、青の五色に塗り分けられている。

「これは田所博士の予測をもとに関東沈没被害の危険度を五段階に分類して色分けしたハザードマップです。危険度がもっとも高いのが赤い地区。以降、橙、黄、緑、青の順番です。危険度が高い順から避難させることで混乱を避け、二か月以内にすべての避難を終わらせる。これが私からの提案です。避難スケジュールも作成してみました。あとで共有のクラウドに上げておきます」

手際のよさに一同から、「おおー」と歓声があがる。

「さすがですね」と感心する石塚とは対照的に、常盤の天海に向ける視線は冷ややかだ。

「避難先のない住民への対応はどうなってますか？」

相原の問いに大友が答える。

「総務省がすでに各自治体と調整に入りました」

「大まかな予算も組んでみたけど……大変やな、これ」と織辺があらためてうなった。そんじょそこらの財政出動とはレベルが違う。まさに国全体が関東からの避難に舵を切らないと成し遂げられないだろう。

その後もそれぞれが所属省庁で練り上げてきた危機対策案を出し合い、会議は否が応でも白熱していく。

その輪から天海が離れ、会議室を出ていった。


非常階段に出た天海は、上下の階に誰もいないのを確認し、スマホを取り出した。椎名の番号を呼び出し、かける。

「あ、もしもし、天海です。テレビ出演の件、どうなってる？」

「予定通り。まもなくだと思います」

「ありがとう。これ以上は迷惑かけないつもりだから」

「迷惑だなんて思ってませんよ。今は時間もありますから」

「……え」

「出勤停止になりました」

「出勤停止？」

驚く天海に、椎名は言った。「気にしないでください。自分で決めたことですし、おかげで母の引っ越し作業も手伝えます」

東山総理の会見のあと、椎名の強硬な説得により和子は長崎行きを承諾したのだ。

「命を救いたい思いはあなたと同じですから」

「……うまく伝わるといいな」

「私もそう願っています。それでは」

電話を切った椎名は、テレビのモーニングショーへと視線を移した。司会者が沈痛な面持ちで語っている。

『家が沈んだら避難する場所はないのか。引っ越す場合は助成金は出るのか。会社が沈んだら勤務場所はどうなるのか。避難したら学校は欠席扱いになるのかなど不安の声があがっています。この辺りのことを踏まえ、専門家のみなさまにうかがっていきたいと思います』

椎名は和室に移動し、和子の荷造りを手伝いはじめる。父の遺影を丁寧に拭いている和子を見て、「もうお母さん」と唇をとがらせた。「急がないと終わらないよ」

　引っ越しにはまだ気乗り薄の和子は遺影を拭く手を止めない。

「やっぱりね、実梨も一緒に行ったほうがいいと思うの」

「私はいろいろやることあるから」と椎名は和子がまとめた荷物を片っ端から段ボールに詰めていく。

「だって、そんなに慌てなくてもいいんでしょう」

「亘の子供たちもばぁばが来るの楽しみにしてるんだから」

　そのとき、『ちょっと待ってください』と居間のテレビで司会者が大きな声をあげた。

『今ここで、渦中の田所博士とつながったようです』

　来た！

　椎名はテレビへと顔を向ける。画面に田所のリモート映像が映しだされる。

「この人、週刊誌で見たわ」と和子も反応。椎名は緊張しながら田所の発言を待つ。

『田所博士、総理が博士の説を認める会見をしたわけですが、どうですか？』

　司会者の問いかけに、田所は憤りをにじませながら話しだした。

『いや、あれでは現実に迫っている危機感がまるで伝わらない。沈没の時期や確率について明言を避けていたのも納得がいかない。そこがね、今いちばん重要な情報なんです』

　未来推進会議本部では、まさかの田所の登場にメンバー全員が手を止め、テレビに見入っている。

『私は……いいですか、その、海底調査や海上保安庁のデータをもとに、半年以内に確率七〇％で関東が沈没するとはっきり伝えたんです。だからこそ総理も危機対策に乗り出したはずなんです』

『田所博士は国民はどう対処すべきとお考えですか？』

『急いで関東を脱出するべきなんだよ』

　画面が切り替わり、地図が映しだされた。

『こちらが海抜をもとに色分けした関東地方の地図なんですが――』

　司会者をさえぎるように田所が叫ぶ。

『この、赤の地域の住民は急いで逃げるべきなんです！』

　常盤がイライラしながら吐き捨てた。「どうしてこう余計なことをペラペラと」

「この発言が日本経済を奈落の底に突き落とすかもしれへんな」と織辺は頭を抱える。

「けど言ってることは真実ですよね？」

　天海の発言に常盤はキレた。

「たとえ真実だろうが、誰がいつどう話すかで情勢は変わる！　なぜこの人の口をふさいでおかなかった⁉」

「感情と直感で動く人だ。俺が何を言おうが聞く耳をもたないさ」

テレビでは田所がますますヒートアップしている。

『関東区域は七〇％の確率で沈没は起きる。それは揺るがない事実なんだ。半年以内というのは半年後ではなく、明日にでも起こりうるということなんだ！』

モニターを見つめる天海が、やけに冷静なのが常盤は気になった。

まさか、これも啓示が……⁉

＊

長沼に続き、秘書官に囲まれた東山が官邸のロビーに出てきた。すぐに報道陣がボイスレコーダーを突きつけ、矢継ぎ早に質問を飛ばす。

「総理！　田所博士の発言についてお聞かせください！」

「半年以内確率七〇％は真実なんですか？」

「すぐに避難するべきとの発言もありましたが」

「どうなんですか、総理」

意を決したように東山が足を止めたから、長沼はギョッとなる。

まさか……記者たちに応えるのか……。

「国民のみなさまが過剰に不安にならないように私はおだやかな説明を心がけましたが、田所博士は対策が遅れることを危惧しています。私はそのことを真摯に受け止め、一刻も早く住民避難が実現するように決意を新たにしたところです」

東山の発言に長沼はぼう然とした。

これでは田所説を認めたも同然じゃないか……！


翌日、マーケットが開くやほぼすべての銘柄に売り注文が殺到し、平均株価は瞬く間に三千円を超える大幅な下落を記録した。昨日と合わせると七千円近い下落で、二万円割れも見えてきた。二日間で全上場企業時価総額の二十五％が失われたのだ。

長沼とともに閣議室に入ってきた東山に、里城は激しい怒りの視線を向けた。

「それでは閣議を始めさせていただきます。今日は警戒宣言――」

「総理」と里城が長沼の発言をさえぎった。「今日、株価がいくら下がったかご存じですよね。あなたの不用意な発言で、世の中大混乱です」

しかし、東山は毅然と返す。

「私は経済よりも人命を第一に考えて会見を行いました。危機対策が手遅れにならないために行動したんです。間違ったことをしたつもりはありません」

里城が思い切りテーブルを叩き、閣僚たちはビクッとなる。

「……あなたの役目はもう終わりでいいんじゃないでしょうかねぇ？」

「この非常時に内輪揉めという醜態をさらせば国民は落胆し、海外の失望は深まり、我が党の信用は失墜します。本当にそれでいいんでしょうか？」

今までにない腹の据わった東山の態度に、里城は落ち着かなくなる。

未曾有の危機がこの男を覚醒させたのだとしたら……。

里城は腹立たしげに東山をにらみつけた。


未来推進会議本部は沸騰する鍋のようだった。皆が熱気を発しながらそれぞれの部下たちに指示を出し、各自の仕事に邁進している。閣議を終えた長沼から、警戒宣言発令に向けた避難対策を明日の朝までに完成させるようお達しが来たのだ。

常盤は大友のデスクに向かい、訊ねた。

「麟太郎さん、地方自治体の仮設用地はどうなっていますか？」

「ああ、今のところ七割ほど埋まってるけど」

「もっと確保できませんか」

天海が、「環境省管轄の国立公園も避難地に使えませんかね」と提案する。

その奥では、相原が正岡と丁々発止のやりとりをくり返していた。

「在留外国人の帰国のためです。滑走路空けてください！」

「だから無理ですって！　関東住民の移送だけで空港はパンパンです。今ある公共交通機関を駆使しても、限界があります」

元来、理想を胸にそれぞれの省庁に入った俊英たちだ。文字通り自分の手に日本の未来がかかっているとなって燃えないわけがない。

限界まで脳を絞り、できうるかぎりの剛腕を発揮しつつもバランスをとりながら、メンバーたちは具体的な避難対策を詰めていく。

翌日、未来推進会議の提言をもとに各省庁の大臣たちは会見を開き、それぞれの対策を国民に発表した。

『泉沢《いずみさわ》文部科学大臣は関東地区の一斉休校を決めました。都内の小学校のなかには今日からすでに休校する学校もあります』

『土田《つちだ》経済産業大臣は、政府が定めたハザードマップにともなう企業の一時避難を求めました』

『関東沈没に備えて、多くの住民が自主的に避難をはじめ、空港や鉄道では依然混乱が続いています。インターネットでは航空券が不正に高値で取引されていて、移動手段を失う人も出はじめています。大下内《おおしたない》国土交通大臣は、鉄道および航空会社に関東からの大幅な増便を要請しました』

交差点の大型ビジョンに映しだされるニュース映像が、道行く人々の不安をあおっていく。浮足立つ人混みを縫うように、天海と常盤が急ぎ足で歩いている。

「やることが多すぎて、みんな家にも帰れてない。お前もほとんど寝てないんじゃないのか？」

常盤は応えず、歩を進める。天海は気にせず、続けた。

「俺もさっきやっとシャワー浴びたよ。生島会長に会うのに――」

「まさかお前じゃないよな」

「ん？」と天海は立ち止まった。常盤が険しい視線を向けてくる。

「毎朝新聞にリークしたの、お前じゃないよな」

「……なに言ってんだよ、紘一」

「総理に会見をうながしたのも、お前なんだろう？」

「……」

「俺には本当のこと言えよ。俺ができることだったら、なんだってする。なんとかして収めるから」

「心配すんな。俺じゃないから」

「……信じていいんだな?」

「ああ」

「……わかった」


会長室で天海と常盤を迎えると、生島は言った。

「私にできることはなんでもしますよ。我が社のバスをいくらでも無償で提供させていただきますし、産業支援基金も災害後の復興支援に使わせてもらいます」

礼を言い、常盤が来訪の目的を話しはじめる。

生島は経団連の会長でもある。先頭に立って企業をまとめ、避難対策への支援を呼びかけてほしいのだ。

話を聞いた生島はむずかしい顔になる。

「東京を拠点とする多くの企業は自社の移転で精一杯だ。そんな余裕はないかもしれません」

「それは承知しております」と天海が口をはさんだ。「ですが、この危機対応こそが企業のブランドイメージを上げることにもつながりますので」

「君は相変わらず強引だね」と生島は苦笑する。

「何卒よろしくお願いいたします」

天海と常盤が頭を下げたとき、秘書がドアを開けた。

「お見えになりました」

秘書の後ろから入ってきた人物に、天海は仰天した。

「……里城先生」

「どうも」と里城が生島に手を上げ、歩み寄る。

「どうぞ」と生島がにこやかに迎え入れ、ポカンとしているふたりに言った。「私がお呼びしたんですよ。これを実現するには里城先生のお力が必要です」

「それは助かります。里城先生から企業にお声がけいただけたなら、必ず協力してくれるでしょうし、なあ」と常盤は目配せするように天海を見る。

うながされるように天海は微笑んだ。

「それはもう、我々としても心強いかぎりです」

「しかし、どうなんだろう天海君」と里城は天海を鋭く見据える。「関東沈没対策もたしかに大事です。しかし、それればかりだと日本経済は疲弊するいっぽうだ」

「ですが里城先生。国民は不安におびえています。今、政府に求められているのは、その不安を払拭することだと思います。与党の顔である里城先生に率先して企業にお声がけいただくのは、次の選挙を見据える意味でも大切なことではないでしょうか」

「……」

険しかった里城の目の奥がふっとゆるんだ。

すかさず生島が言った。「里城先生に主導していただければ、私は全力で経団連をまとめさせていただきます」

天海は里城に深々と頭を下げた。

「何卒よろしくお願いいたします」

翌日行われた経団連の臨時総会では、多くの企業代表の思惑を裏切り、里城が危機対策へと舵を切ったため企業側も追随せざるをえなくなった。

総会を終え、会場をあとにする生島に常盤が歩み寄り、頭を下げた。

「会長、今日はありがとうございました」

「里城先生も振り上げた拳を収めることができて、ホッとしていると思いますよ」

別のドア口では天海が里城を見送っていた。

「里城先生、本日はありがとうございました」と丁寧に腰を折る。

「国民のためだ」

もう一度、「ありがとうございました」と天海が頭を下げると、里城は上機嫌で歩き去っていく。

天海が顔を上げたとき、長沼が耳もとでささやきかけてきた。

「天海君の立ち回りにはほとほと感心するよ」

「どういう意味でしょうか」

「総理にうまく取り入ったと思ったら、今度は里城先生まで転がすとは大したもんだ」

皮肉めいた口調で言うと、長沼はその場を去っていく。

「……」

*

未来推進会議がまとめた案をもとに東山総理が警戒宣言を発令してから二週間が経過した。生島自動車が提供した無償避難バスの運行も始まり、住民避難は着々と進行。避難を望む関東圏の住民は、二か月以内に避難を終えられる目途が立った。

病院の中庭のベンチに座り、椎名がタブレットでニュースを見ている。映しだされているのは荷物を手にした人たちで混雑するバスターミナルだ。

『こちら東北地方に向かう無償バス乗り場です。警戒宣言を受けて関東地方の住民の避難は急ピッチで進められ、今日も関東を脱出する人々で混雑しています。知り合いの家などに避難することができない方は、政府が全国の自治体に要請して設置した避難所などに移ることができます』

ふと背後に視線を感じ、椎名は不安そうに振り返った。しかし、誰の姿もない。最近こんなことがよくある。異常事態のさなか、神経が過敏になっているのだろう。

「やあ」と逆方向から声をかけられ、椎名はビクッとした。歩み寄ってきたのが天海だったので、椎名は安堵の息を吐いた。

「天海さん……」

「……迷惑かけて申し訳ない」

「気にしないでいいって言ったのに」

「そういうわけにはいかないさ。君だけ出勤停止だなんて、本当になんと言ったらいいのか……」

仕事に関しては強気一辺倒で、妥協を許さず進んでいく天海に似合わぬ戸惑うような表情が、椎名は可愛いと思ってしまう。

「いいんです。住民避難、順調に進んでますね」

「君のおかげだよ。あの記事から危機対策が一気に動きだした」

「……天海さんの使命感に動かされたのかもしれません」

病院は高台にあり、眼下に東京の街並みが広がっている。夕焼けに染まったオレンジ色の街を、ゆるやかな風に吹かれながらふたりはしばし見つめた。

ふいに椎名が天海に訊ねた。

「天海さんは怖くないんですか?」

「何が?」

「これだけ世の中を騒がせて、もし関東沈没が起きなかったらと思うと私は……」

「それはもう考えないことにしたよ」と天海は答える。「それを考えてしまったら危機対策は一歩も進まない。何も起こらなかったときは、壮大な避難訓練は終わりましたって言って、みんなで笑って乾杯すればいい」

「……はい」と椎名は微笑んだ。

と、病院のほうから和子がやってきた。

「実梨、待たせてごめんね」

「あっちの病院に出す紹介状もらえた？」と椎名が訊ねる。

「なんとかね。同じような人で大混雑してて大変だったけど」

椎名に答えながら、和子はチラチラと天海をうかがう。

「あ、初めまして。環境省の天海と申します」と天海が和子に挨拶する。

「どうも初めまして。実梨の母です」

満面の笑みを浮かべる和子に、照れ隠しに椎名がツッコむ。

「なにうれしそうに」

「だって、実梨が男の人といるなんて初めてじゃないかしら」

「残念。仕事の関係」

一陣の風が椎名と和子の髪を揺らした。

「ああ、この時間になると風が冷たいわねえ」

「じゃあ、なか入ろ」

「なんかすみません、本当に」

「いいえ、お気になさらずに」

病院へと入っていく三人を物陰から何者かが見送っている。

その夜、天海は東山から官邸に呼び出しを受けた。執務室に入ると、窓際に立つ東山に向かって天海は現状報告を始める。

「住民避難は順調に進み、ハザードマップの危険度A地区では九割以上が避難を終えています。明日の国会で関東沈没対策特別措置法案が可決されれば、危機対策は新たな局面に入ります。我々としては第二首都札幌への首都機能分散を進めつつ、災害後の復興についても検討しなければなりません」

じっと窓外を見つめていた東山が振り向いた。

「天海君はこの国の指導者にでもなったつもりですか?」

その目には激しい怒りの色がにじんでいる。天海は慌てて謝罪した。

「ご不快な思いをさせたのなら申し訳ありません。しかし、未来推進会議の一メンバーとして——」

「その一メンバーが新聞に国家機密をリークして、一国の首相に会見を強要するような真似をしたんですか!」

激昂し、東山は天海に写真を突きつけた。病院での椎名とのツーショットだった。

激しく動揺しながら、天海は必死に言い訳する。

「しかし、総理も国民に沈没の危機をお伝えになりたかったのではないのですか？　あの記事が出たからこそそれができたんです」

「今さら自分を正当化するのはやめなさい」

「やり方が強引だったことは認めます。ですが、結果的に総理が会見されたことで危機対策は動きだしたんです」

「私は君を信用できない。出ていきなさい」

「総理」

「出ていきなさい！」

「……大変、ご迷惑をおかけいたしました」

無念さに唇を噛みしめながら、天海は東山の前から去った。

官邸を出て、とぼとぼ歩いていると目の前に人影が立った。

常盤だった。

「……聞いたよ。やっぱりお前だったんだな」

「……」

「あの新聞報道さえなければ水面下で対策は進められた。株価や為替が暴落することもなかった。会議でもその方向で決まってたはずだろう⁉」

悔しげに詰め寄る常盤に、天海が力なく返す。

「……お前が強引に決めたんだろ」

「けど、お前のやり方だと時間がかかりすぎる。沈没はいつ起こるかわからないんだ。

それを考えると俺は……怖かったんだよ」

「俺だって怖い。だが今のお前のこのざまはなんだ。勝手にひとりで突っ走った結果が
これだろ」

「…………」

「俺は！　俺は……ひとりでも多くの人の命を助けたかった。ただそれだけだ！」

「そのために俺に嘘をつき続けたのか？」

「それでも俺は、間違ったことをしたとは思ってない」

「わかったよ。お前にとって俺は、その程度の人間なんだな」

「……」

「日本未来推進会議にお前の居場所は、もうない」

常盤は背を向けると、天海の前を去っていった。

　翌朝、昨日の服装のままの天海がぼーっとソファに座っている。テーブルの上のスマホが震え、『母』の文字が画面に現れた。億劫《おっくう》そうに天海が手にとる。

「あ、啓示なが？　今東京は大事ながやろ？　茜ちゃんや香織さん、大丈夫なが？」

「大丈夫や。ふたりは福岡に引っ越すことになったけん」

「……福岡？」

「離婚するんよ」

「……」

「しょうがないんよ。俺が家族になんちゃしてやらんかったけん」

「……そうなが」

「……ごめんな」

「ちゃんとご飯食べて、身体に気ぃつけて頑張れや。あんたには総理と一緒に国民のみんなを助けるっちゅう大事な役目があるがやけん」

「うん……ありがとう……大丈夫や、うん」

　その役目すら失ったことは、さすがに母には言えなかった。

　洋館レストランの個室で、常盤が里城と向き合っている。余計な話は不要だとばかりに里城はいきなり切り出した。

「やったのは天海だったんだな」

「里城先生にも目をかけていただいたのに……本当に申し訳ありませんでした」

常盤が頭を上げると、里城が言った。

「君にとってはよかったのかもしれない。奴の本性がわかって、早く手を切ることができた。天海は……もしかすると恐ろしい男かもしれない」

「どういうことですか？」

「企業の移転先確保のために地方の中核都市の土地を探している最中なんだが、Ｄプランズ社が一等地の多くを買い占めていて法外な高値で転売していることがわかった」

「……田所博士を支援していた、あのＤプランズ社がですか？」

「背筋が凍ったよ。田所博士は稀代《きたい》の詐欺師で、毎朝新聞を巻き込んで関東沈没詐欺を企てたのかもしれない。そして、天海はその片棒をかついだのかもしれない。あり得ない話じゃない」

荒唐無稽な話のように思えるが、天海にかぎってそんなことは絶対にないと言い切れないことが、常盤にはつらかった。

田所の獅子奮迅の働きは続いていた。政府が関東沈没の危険性を認めて以来、関係各所から膨大なデータが田所のもとへと送られ、その分析に没頭する毎日だ。新たな情報が加われば加わるほど、関東沈没の確率は増し、Xデーは早まってくる。

パソコンにかぶりつきながら、田所は助手たちに怒声を飛ばす。相変わらずの研究室の空気に、天海はなぜかホッとした。

この馬力があれば、自分がいなくなっても立ちはだかるさまざまな壁を突き破ってくれるだろう。

「田所博士、いろいろお世話になりました」

「？」と振り返った田所は、いつの間に天海が入ってきたのかと少し驚く。

「僕はもうここに来ることはありません」

「……どういうことだね」

「未来推進会議を離れることになりました」

「何を言ってるんだ？　君の本当の役目はこれからだろう」

「これからも、この国のためによろしくお願いいたします」

一礼し、天海は静かに研究室を出ていった。

「おい……おい」

入れ違いに海上保安庁の職員が入ってきて、田所は天海を追うタイミングを逸してしまった。

「田所博士、データ解析の件でうかがいました」

「ああ、海底圧力解析データの件ですよね」と助手の黒田が海保職員をなかへと誘う。

「博士、お願いします」

「……」

＊

湾岸の実験都市建設予定地に急遽設けられた無償避難バスターミナルは、今日も人でごった返している。

九州方面のバス乗り場には、福岡行き、熊本行き、鹿児島行きなど目的地別に二十台ほどのバスが並び、係員が乗客の誘導や荷物の収納などに忙しそうにしている。

椎名は長崎行きのバスにスーツケースが積み込まれるのを確認し、和子に言った。

「お母さん、着いたら連絡してね」

「実梨、仕事よりも自分の命を大切にしてね。気をつけるのよ」

「……わかった」

「うん」

和子は係員にチケットを見せ、バスのなかへと乗り込んでいく。

そこから十台ほど離れた福岡行きのバスの前には、香織と茜の姿があった。香織の隣には恋人の野田満《のだみつる》もいる。スマホを眺めながら列に並んでいる香織をよそに、茜は人混みのなかに誰かを探している。

やがて、目的の人物を見つけ、茜は列から飛び出した。

「茜?……茜!」

「パパ!」

人波をかき分け、茜は天海のもとへと駆け寄った。

「茜!　探したよ。間に合ってよかった」

「……うん」

はにかむ茜の頭を天海はやさしく撫でる。

そんな父娘の様子を香織と野田が見守っている。

視線に気づいた天海がぎこちなく頭を下げた。野田は天海に会釈を返すと、「先に乗ってるね」といつの間にか列が途絶えていたバスへと乗り込む。

天海は茜に向き直り、プレゼントの入った紙袋を渡した。

「パパ、ありがとう」

その姿を目に焼きつけるように、天海はじっと茜を見つめる。

「ねえ、パパも一緒に行こう」

「ごめんな。パパはまだこっちで仕事があるんだ」

茜の口がへの字に曲がったと思ったら、小さな身体をぶつけるように天海の腰に抱きついてきた。そんな娘を、天海はそっと抱きしめる。

「……元気でな、茜」

天海の腕のなかで、いやいやと茜の身体が揺れる。

「大丈夫……また会えるよ」

茜は身体を離し、天海に向かって右手の小指を出した。

「……絶対だよ」

小枝のような茜の指に天海が小指をからめる。

「絶対」

「ぜったい」

「ぜったい！」

指切りして、ニコッと笑うと茜は香織のもとへと戻っていった。

「先に乗ってて」

香織は茜をバスに乗せ、天海のほうへと歩み寄る。

「知ってたのね、関東沈没」

「……」

「だから福岡行きに賛成してくれたのね」

「……あ、そうだ。これ」と天海はダウンジャケットのポケットから封筒を出し、差し出した。香織が受けとり、なかを確認する。入っていたのは離婚届だった。

「署名と捺印は済ませてあるから」

「……ありがとう。じゃあ、あなたも元気で」

「ああ……気をつけてな」

天海と別れ、香織はバスへと乗り込んだ。

走りだすバスの窓から身を乗り出した茜が、天海に向かって手を振っている。

「バイバーイ」

「茜、元気でな。勉強頑張れよ！　バイバイ！」

バスが視界から消えるまで、天海はずっと手を振り続けた。

これでよかったんだ。

茜の人生はこれからも続いていく。それだけで十分だ。

たとえ、俺が見守ることができなくても……。

踵を返した天海の視界の端に、見慣れた顔が飛び込んできた。

「！……」

椎名も気づき、つぶやく。

「天海さん……？」


湾岸エリア特有のやけに幅の広い道路を、天海と椎名が並んで歩いている。

「……毎朝新聞の記事に俺が関わっていたことが、総理にバレたよ」

「え……？」

「未来推進会議も外された。環境省も辞めることになるだろう」

「……常盤さんはなんて？」

「……悲しそうだったよ」

「でも、天海さんは常盤さんのことを巻き込みたくなかったんじゃないですか？」

「……あいつは将来のある人間だから」

そう言うと、すべてを吹っ切るように天海は笑った。

「国民に危機を知らせて、住民避難も実現できた。後悔することはない。あとは常盤や総理がなんとかしてくれるだろう」

　歩みを速めた天海に、椎名が訊ねる。

「天海さんはそれでいいんですか？」

　思わず天海の足が止まる。

「これから大きな災害が来るのに……総理まで動かして国民の命を守ろうとした人が、それでいいんですか？」

　いいわけないだろ……。

　心の奥底で、今まで自分を衝き動かしてきた熱い何かがうずうずとうごめく。

　しかし、それを解放するすべはもうない。

「……じゃあ、どうしろって言うんだよ？　俺の居場所はもうどこにもないんだ」

　思わず愚痴っぽい言葉が口をついて出る。

　そんな天海に椎名は言った。

「天海さんが正しいと思うことをするためなら、どこでもやれることはあるはずです」

「……」

　そのとき、遠くで何やら大きな音がした。

嫌な予感にふたりは顔を見合わせる。

次の瞬間、突き上げるような衝撃が地の底から襲ってきた。

「！」

足もとのアスファルトが波のようにうねり、亀裂が生じはじめる。椎名は立っていることができず、地面に手をついた。

周辺の工事フェンスがバタバタと倒れていく。

激しい揺れが続くなか、「大丈夫か」と天海は椎名を抱き起こす。

椎名はぼう然と目を見開いている。その視線を追い、天海は絶句した。

沿岸部のビル群が倒壊し、ゆっくりと海に沈んでいくのだ。

しかし、ぼんやりとしている暇はなかった。足もとの亀裂が大きくなり、割れた道路の沈下が始まる。

「逃げよう！」

天海が椎名の手を引き、走りだしたとき、さらに大きな揺れがふたりを襲った。

ぱっくりと口を開けた亀裂にふたりは飲み込まれていく……。

第五話　国土喪失と復活のとき

東京湾を震源としたマグニチュード九を超える地震を中心とした大規模な地殻変動から一夜が明けた——。

画面に映しだされた衝撃的な光景に、テレビの前の人たちは誰もが息を呑んだ。東京スカイツリーが海から突き出て、それ以外の街並みは水没しているのだ。

空撮をしていたヘリコプターが高度を上げると、東京湾岸の全体像が明らかになっていく。新たな海岸線は東京駅の間近まで迫り、その北東側、荒川沿いのいわゆる海抜ゼロメートル地帯はそのほとんどが海に没している。

総理官邸の執務室へと画面が切り替わった。防災服姿の東山総理が沈痛な表情で語りはじめる。

『首都圏を含む関東地区の沿岸部が沈没するという非常事態によって、我が国は甚大な被害を受けました。亡くなられた方々には心より哀悼の意を表します。そして、怪我をされた方、家屋などを失った方々にも心からお見舞いを申し上げます。日本政府は、詳しい情報がわかり次第、国民のみなさまにお伝えし、この未曾有の災害に全力で……全力で対応していくことを約束いたします』

東山の声が病院のロビーに虚ろに響いている。震災発生以来ひっきりなしに運び込まれてくる負傷者たちは処置室からあふれ、今やロビーでも医師たちによる懸命な処置が行われている。テレビのニュースに注目する者は少なかった。

喧噪のなか、天海はぼんやりと目を開けた。視界に飛び込んできたのは、床に寝かされている大勢の被災者たちの姿だった。

混乱したまま天海は身を起こした。

「よかった。目が覚めたんですね」

声に振り返ると椎名が安堵の笑みを浮かべていた。

「俺は一体……」

記憶を探ろうとした瞬間、鈍い痛みを感じ、天海は後頭部を押さえた。包帯の感触に、初めて自分が怪我を負っていることに気がついた。

「地面に亀裂が走って、そこに落ちたんです。幸い深くなかったんですけど、そこに街灯が倒れてきて……天海さんが私をかばおうとして」

そうだ……湾岸の道を一緒に歩いていたときに地震が起きて、道路の亀裂に飲み込まれたのだ……。

しかし、以降の記憶はどうしても思い出せなかった。

「助けてくれて、ありがとうございました」

「……俺たちは……生きてるんだな」

「今のところは関東沿岸部が沈んだだけで、当初の沈没予想範囲の九割は沈まずに残っているそうです。でも……私の家の辺りは沈んだみたいです」

「……そうか」

官邸に設けられた災害対策本部に東山、長沼、里城ら各閣僚と警察幹部、そして未来推進会議を代表して常盤が集まっている。

内閣危機管理監の山下《やました》がモニターに表示された地図の説明を始める。

「地図上の赤い部分が海に沈んだ地域です。しかし、関東の九割にのぼる陸地は沈没を免れています。また沈没区域ではすでに多くの住民が避難を終えております」

安堵ではなく救うことのできなかった命を思い、東山は訊ねた。

「死傷者の数は？」

「現在確認中です」

言い換えれば、一夜明けても大雑把な数すら確認できないほど大勢の人々が犠牲になったということだ。

続いて長沼が空港や鉄道など交通機関の状況を訊ねた。

「羽田空港と成田空港は被害を免れ、鉄道も沿岸地区のみの被害にとどまっていますが、依然、運行復旧の目途は立っていません。道路も首都高をはじめ、都内幹線道路の多くは倒壊、地割れなどの被害を受けております」

東山はうなずき、長沼へと顔を向けた。

「田所博士や対策メンバーからの報告は？」

「まだです」

そこで里城が口をはさんだ。

「肝心なのは第二波がいつ来るかだ」

「住民避難は引き続き未来推進会議が中心となって行う」

一同に告げ、東山は常盤に言った。

「ひとりでも多くの命を救ってください」

「はい」

田所は研究室に集まってくる観測データを分析しながら、うなっていた。

「なぜだ……なぜだ……こんなことはありえん……」

コンピューターからは次から次へと想定とは違う数字が弾き出されていく。

まさか、そんなことが……。


病院のロビーでは医師たちの懸命な救命治療が続いている。この病院の医師だけではなく自衛隊医療班やＤＭＡＴ（災害派遣医療チーム）の姿もある。

無傷の者や治療を終えた軽傷の被災者は不安そうに床に座り込んでいる。そんな被災者を縫うように、天海と椎名はロビーの奥に設置された公衆電話へと向かう。

携帯が一切つながらないのだ。

公衆電話の前には長蛇の列ができていた。前のほうから若い男の怒声が響いてくる。

「なあ、いい加減にしろよ。いつまでかけてんだよ！」

受話器を手にした小三くらいの少女が振り向き、涙ながらに答える。

「だって、ママがどこにもいないんだもん」

二番目に待っている中年男が少女に言った。

「あのな、みんな家族に連絡して、早くここから逃げたいんだよ。だから次の人に交換しよう。な?」

「やだあ、やだあ」

さらに後ろから、今度は若い女性の声が飛ぶ。

「ねえ、早くしてよ。いつ第二波が来るかわからないのよ!」

「ホントいい加減にしろよ」とついに若い男が少女の手から受話器を奪った。列から弾き出され、泣きだしてしまった少女の前に天海は駆け寄った。

「大丈夫かい……飲む?」とペットボトルの水を差し出す。

同じくらいの年齢なので、どうしても茜と重ねてしまう。

自分に言い聞かせるように天海は少女に言った。

「大丈夫。絶対会えるよ」

椎名も身をかがめ、少女の肩をやさしく抱いた。

「私もね、ママと離れて不安なの。一緒に捜してあげるから頑張ろう」

少女がコクンと椎名にうなずき、首からさげていたカードが揺れる。

「あれ?」

それは緊急時連絡カードだった。

内閣府の未来推進会議本部では、第二波を前に残された住民たちの避難スケジュールを詰めている真っ只中だ。

「神奈川南部A3二万二三五〇人とA4三万五二〇八人の避難をまず優先させたいですね」と残留住民情報をもとに大友が提案する。

「新横浜行きにバスは一八〇台集結できます」と正岡が答える。「中央道から新潟方面は被害が軽度ですので、そこから域外への避難のほう、横浜市に手配しましょう」

「わかりました」

いっぽう常盤は、仙谷から自衛隊による避難に関しての報告を聞いている。

「以上のように自衛隊輸送機CH47チヌークを五〇機、C2を八機確保できそうです」

「了解しました」

モニターに表示されていく各地の被害状況を見ながら、相原がつぶやく。

「レインボーブリッジも海に……」

「でも、余震みたいなものはないですよね」と別のモニターが映しだす沈没箇所を示した地図を見ながら石塚が言った。「これで沈没は収まったってことなんですかね」

「あるいは、これから始まるかもしれへんけどな」と織辺が返す。

その言葉に敏感に反応したのは財津だ。

「第二波が来るなら、住民避難も大事ですが我々も避難するべきじゃないですか?」

「何を言ってるんだ、財津君」と仙谷が血相を変えた。「我々が最後のひとりを助けるまで逃げないという覚悟で臨まないでどうするんだ」

その鼻息の荒さに、「君の美学を周りに押しつけるのは勘弁してほしいわ」と織辺がしらけた顔になる。

「総理は官邸で指揮を執っているんだ。我々が先に逃げるなんてあり得ない」

「暑苦しいわ、ほんまに」

「なんだその態度は」と仙谷が織辺に詰め寄っていく。「言いたいことがあるなら言えばいいだろ」

「誰も逃げるなんていっぺんも言ってへんやろ」

一触即発の雰囲気に、「仙谷さん」と慌てて北川が割って入った。「織辺さんもやめてください」

「いやしかし、的確な指示を出すためにも、安全な場所に避難するという選択肢はありですよね」

未練がましくまだそんなことを言っている財津に、「Ｗｈａｔｓ?」と相原はあきれた。

「逃げたい方はご勝手にどうぞ。ただし、ほかの人を巻き込まないでください」

「いやだから、逃げたいなんて誰も言ってへんやろ」

気色ばむ織辺を、「はいはい。いったん落ち着きましょう」と常盤がなだめる。「私もどうしてもここにいろなんていう無理強いはしません。ですが、住民を避難させる――それが今の我々の仕事です」

一同がうなずいたとき、モニターが一斉に暗転した。

何事かと身構える皆に、「大丈夫ですよ」と石塚が明るく声をかける。「おそらく非常電源が落ちただけです。僕、確認してきます」

廊下へと出ていく石塚を見送り、相原が言った。

「常盤さん、仕事を続けましょう」

「ああ。とにかくみなさん、やれるかぎりのことはやる。ベストを尽くしましょう」

「はい」

*

ようやく順番が回ってきて、椎名は災害伝言ダイヤルにかけた。音声案内に従い、少女の連絡カードにある電話番号をプッシュしていく。

『午前十時三十二分に登録された伝言をお伝えします』

アナウンスを聞き、椎名は少女に笑みを向けた。

「メッセージ、あったよ！」

少女の目がパッと輝く。

伝言をメモし、椎名は少女に言った。

「お母さんは近くの病院にいるって。一緒に行こ」

天海が少女の肩にポンと手を置く。「よかったな」

「うん！　ありがとう」

「私、その足で本社に行って、避難バスの情報も探ってみます」

椎名にうなずき、天海は公衆電話の受話器をとった。名刺で確認しながら田所の研究室の番号を押していく。


電話に出た黒田は怪訝そうに言った。

「え、天海さん？　未来推進会議はお辞めになったはずですよね」

その声を聞きつけ、「おいおい、それはスピーカーにしろ」と田所が命じる。黒田がスピーカーのボタンを押すと、田所は少しうれしそうに口を開いた。

「おい、生きてたか天海君」

「田所博士、教えてください。どうしてこの規模の沈没で済んだんですか？　第二波は来るんですか？　来るならいつですか？」

矢継ぎ早の問いに対する田所の答えはシンプルだった。

「第二波は来ない」

「え……どういうことですか？」

「データだよ。私もただただ驚いている。いやぁ、信じられない結果だ」

田所の口調は次第に興奮を増していく。「このね、地球ってヤツはつくづくすごいよ。すごい。私たちの想像をいつだって超えてくる。沈没を起こした地震で海底プレートが断裂した。ちぎれたんだよ、プレートが。その跳ね返りによって、沈み込む動きが止まった。ついさっき海保から届いたデータを見てもこれは明らかだ。関東沈没は最小限の被害で収束した。そうとしか考えられん」

「……本当ですか」

半信半疑の天海に、「ああ」と田所はうなずいた。

「現段階ではそれ以外の答えが導き出せない」

「すぐに総理にも報告してあげてください。博士、ご苦労さまでした」

受話器を置いた天海に、椎名が訊ねる。

「第二波はないんですか」

「ああ」

災害対策本部で総理や里城ら閣僚たちや常盤がモニターを囲んでいる。ようやく田所が捕まったのだ。そして、田所が伝える関東周辺の地殻の現況は、皆の想像とはまるで違ったものだった。

「……このように海底プレートの断裂による跳ね返りで沈み込みが止まった。そして、沈み込む際に多発したスロースリップ現象も、沈没以降全く観測されていません。今や海底プレートは完全に安定した状態といえます。すなわちこれは、第二波襲来の心配はないということです。関東沈没は完全に収束したということです」

「完全に?」

どよめく閣僚たちに田所が言った。

「データがそう言ってるんだよ!」

「……それは確かな見解ですか?」と東山が訊ねる。

「関東が沈没すると予測を立てた私の見解ですよ。第二波は、来ない」

田所はそう断言するが、長沼は信用しきれなかった。対策本部に招いた地球物理学や災害専門の学者たちを振り向き、訊ねる。

「みなさんのご意見は？」

困惑気味に顔を見合わせる専門家チームに向かって、「こいつらに聞いても無駄だ」と田所は暴言を放った。「私のレベルに追いつけてない。意見などあるはずもない」

言い返すことができず歯嚙みする専門家チームを尻目に、「素晴らしい報告だ」と里城が立ち上がり、田所に拍手を送る。「さっそく会見を開いて、国民に知らせてあげねば」

「では、至急会見を」と長沼が東山をうかがう。

「ああ」

「いやー、安心した」と里城はふたたびイスに座る。

「田所博士もご同席願えますか？」

常盤に訊かれ、田所は大げさに首を振った。

「私は忙しいんだよ。関東沈没を予言した学者として世界中の大学から教授就任のオファーが殺到している。ようやく世界が私に追いついてきたんだ」

高笑いする田所に、常盤は閉口してしまう。その思いは皆も一緒なのか、苦笑いを浮かべながら、顔を見合わせている。

それでも吉報をもたらしてくれたことには変わりない。

感謝を告げ、常盤は田所を見送った。


未来推進会議本部に戻ると、常盤は皆に告げた。

「第二波は来ない。田所博士が明言しました。関東沈没は収束したということです」

思いを噛みしめるように相原がつぶやく。

「……終わったんですね」

石塚は興奮気味に叫んだ。

「みんな助かるんですね！」

涙を浮かべて北川と白瀬が手を取り合う。

室内が安堵と喜びで満たされるなか、常盤は天海のことを思っていた。

啓示は正しかった。

もし、啓示の暴走がなかったら、どれほど多くの人命が失われていただろう。

もし、自分の提案が通り、情報公開が遅れていたとしたら……。

己が背負うかもしれなかった十字架の重さに戦慄し、常盤は汚名をかぶって姿を消した親友に思いを馳せた。

サンデー毎朝編集部の入る毎朝新聞本社ビルは夜を迎えていた。スマホのライトを頼りに、編集長の鍋島が階段をのぼっていく。

「エレベーターがねえと……こんなにつらいか……」

ようやく編集部のある十三階にたどり着き、ひざに手を置き、息を整える。ドアを開けるとラジオの音が聞こえてきた。

『東山総理は先ほどの会見で関東沈没の収束を宣言し、インフラの復旧と被災者支援に力を尽くすと述べました。都内では現在、水道、ガス、電気、通信など主要なインフラが停止しており、政府は一刻も早い復旧を目指し、対応策を協議中とのことです』

停電した編集部でニュースを聞きながら、天海と椎名は編集部員に分けてもらったカップ麺を食べていた。人心地がついたとき、鍋島が輪のなかに入ってきた。

「やっぱり東名高速でトンネル崩落事故が起きていた。避難バスが巻き込まれたという情報もあった」

「……避難バス？」

動揺する椎名に向かって道路地図を開き、鍋島が説明していく。

「毎朝新聞に入った情報だと、事故現場は東名高速大木松葉トンネル。数十台の車両が巻き込まれており、死傷者の数は今のところ不明」

鍋島はメモを取り出し、ふたりに見せた。

「これが事故当時、大木松葉トンネル付近を通っていたバスらしい」

殴り書きされている「C４」という文字に天海と椎名は愕然となる。

C４は九州方面行きのバスのカテゴリーだ。

「気をしっかり持つんだ。まだ事故に巻き込まれたと決まったわけじゃない」

不安そうに目を泳がせる椎名に、天海は言った。

「行ってみよう」

「……え？」

「事故現場だ。行ってみよう！」

＊

翌早朝、鍋島から取材用のワゴンを借り、天海と椎名は大木松葉トンネルに向かって出発した。しかし、主要な高速道路は全面的に通行止めとなっており、道路地図を見ながら通行可能な一般道をゆっくりと進んでいくことしかできなかった。

ところどころ亀裂が走るガタガタした道を、天海はできるかぎりのスピードで車を走らせていく。

助手席の椎名は祈るように、カーラジオから流れる情報に耳をかたむける。

『……東名高速の大木松葉トンネル崩落事故の新しい情報です。崩落に巻き込まれたのは九州方面に向かう避難バス十八台で、これまでに九人が死亡。三七二人がケガをし、最寄りの松葉町立病院に収容されているということです。なお現在少なくとも八〇人がトンネル内に閉じ込められているという情報もあり、死者と負傷者はさらに増える可能性があります』

椎名は無意識のうちに胸の前で手を組んでいる。

長くゆるいカーブを曲がり、目の前に現れた光景に天海はぼう然となった。地滑りが起きたのか、土砂で道がふさがっているのだ。

仕方なく天海は車を止めた。

椎名はカーナビで抜け道を探す。

「……ダメです。大木松葉へ向かう道はほかにありません」

天海は急いで車をUターンさせた。

「じゃあ、遠回りになるけど64号線経由で山側から入るか」

「そっちもうダメです。たしかさっきラジオで宮升町《みやます》付近も土砂崩れで封鎖されてるって言ってました」

「……じゃあ、どうすりゃいいんだ！」

焦りのあまり、天海はステアリングに拳を叩きつけた。

椎名は困惑しながら天海をうかがう。

「……ごめん」

しばらく進むと広めのパーキングエリアがあったので、天海はそこに車を停めた。気持ちを落ち着けようと外に出る。椎名もならって車を降りた。

天海はワゴンのハッチを開けた。取材用のカメラなどの機材の横に水のペットボトルや懐中電灯、ヘルメットなどの非常用グッズが積まれている。天海はペットボトルを手にとり、ハッチを閉めた。

ぼんやりと眼下に広がる街並みを眺めている椎名に歩み寄り、「はい」と水を渡す。

「……もっと急がせればよかった」

そんなつぶやきが椎名の口からこぼれ出る。

一見なんの変哲もない田舎の街並みも、目を凝らしてよく見れば、海岸沿いの家屋は倒壊し、震災の痕跡がそこかしこに見受けられる。

「……もっと早く行かせればよかった」

椎名の目から涙があふれる。

「……俺だって……国民を救うとか言いながら……家族さえ守れてない……」

唇を噛みしめ、天海は天を仰ぐ。

だからといって、後悔に押しつぶされているわけにはいかない。

不安を振り払い、天海は言った。

「怖いな。でも、信じよう。きっと会える」

「……はい」

街並みの向こうには鈍色の海が広がっている。港へと戻るのだろうか。小さな漁船が沖から姿を現した。

漁船を追う天海の目が、ハッとしたように見開かれる。

「……道が、見つかるかもしれない」

天海の運転するワゴンがゆっくりと漁港のなかへと入っていく。窓から周囲をうかがい、椎名が言う。

「……誰もいませんね」

漁船は何艘か係留されているのだが、人影は見えない。

「ああ……もうこの辺も避難したのかもしれないな」

徐行しながらなおも車を進めていくと、「あ！」と椎名が声をあげた。

「いました！」

年配の漁師が船の周りに浮かぶ漂着物を片づけていた。

ふたりは車を降りると、漁師に駆け寄っていく。

「お願いします！　船を出していただけませんか？」

いきなり天海に頭を下げられ、漁師は戸惑う。

「……どうしたんだよ？」

「家族が松葉町のトンネル事故に巻き込まれたんです」

「……松葉町？」と漁師は怪訝そうに訊ね返す。船で行くような沿岸の町ではないのだ。

「道がどこもふさがっていて車で行くことができません。でも……」と天海は地図を開いて説明していく。「この江の原港まで船で渡れれば、ここから松葉町を目指せます」

「いや……気持ちはわかるけど……」

漁師は分厚い黒雲に覆われた沖をちらりと見て、首を振った。

「断るよ。悪いな」

行こうとする漁師の前に椎名が立ちふさがる。天海もすがりつき、頭を下げる。

「お願いします！　もうこのルートしか残ってないんです」

「お願いします」と椎名も深く腰を折る。

ふたりの必死の懇願に漁師は揺れる。

「……そこに行けば家族がいるのか？」

「います」と天海は断言した。「……必ずいます」

それが願望にしかすぎないことはわかっていたが、その強い思いに漁師は押された。

「お願いします」

声をそろえ、頭を下げるふたりに漁師は言った。

「……今日の海は荒れるかもしれん。それでもいいか」

「ありがとうございます！」


明け方近く、未来推進会議の本部はまだ帰る者はいない。力尽き、幾人かがソファで寝落ちするなか、常盤はデスクに頬杖をつき、虚空を見つめている。

そんな常盤に気づき、相原が声をかけた。

「常盤さん、大丈夫ですか？」

「うん？……うん……つくづく自分が嫌になってね」と常盤は話しはじめる。

「さっきうたた寝したときに、夢を見たんだ。沈没情報の開示は二か月後だと俺が決めた通りに危機対策を進めた夢」

言わんとすることがわかり、相原はハッとした。

「国民に沈没の情報を伏せたまま、関東沈没が起こった。そして何百万もの人々が……」

常盤は自嘲するように続ける。「結局、俺が見ていたものは株価と為替の数字だけで、国民一人ひとりの顔は見えていなかった」

「そんなことはありません。あなたは国民が混乱しないよう最善の準備を整えようとしただけです」と相原は常盤をかばう。

「……」

「ひとりで抱え込まないでくださいよ。天海さん以外、みんなそれが正解だと思って賛成したんです……私だって」

「だが俺は……この事態を誰より重く受け止めていた天海を追い出した……」

それこそが一番の後悔だった。

今はまだ情報を処理し、目の前の事態に対処することで手一杯だが、今後は震災後の日本の未来をデザインしていく大局観が必要になってくる。

それを問われたとき、自分はどうすればいいのだろう。

ここに啓示がいてくれたら……。

常盤は今、切実に天海を欲していた。


関東沿岸部が海に没してから三日が経った。

車を捨て、海路を経て新たなルートを探るという賭けに出た天海と椎名は、江の原港からは徒歩で松葉町を目指している。

ほとんど車通りがないのはありがたいが、ところどころ亀裂の入った舗装道路を早朝から休みなく歩いているとさすがに足にくる。しかも、山沿いの道はゆるやかな上りが延々と続いている。

それでも、はぁはぁと息を荒げながらふたりは進む。

やがて、前方にバリケードが見えてきた。その奥をうかがうと、うず高く積もった土砂で道は埋もれ、どう考えてもこの先には行けそうにない。

天海はリュックから地図を取りだした。しかし、どこをどう目を凝らしてもここから松葉町へとつながる道はこれしかなかった。

絶望的な思いで周囲を見回すと、草むらの陰に古い林道の跡があるのに気がついた。

天海はふたたび地図を開き、林道の先をじっと見つめる。

行けるかもしれない……。

心配そうにうかがう椎名に、地図を見せながら言った。

「この道を行けば、この自然道にぶつかるかもしれない。行ってみよう」

「……はい」

ふたりは草むらを分け入り、道なき道を歩きはじめる。


田所の研究室は、震災前とは打って変わって穏やかな時が流れていた。助手の黒田と白川は観測装置からデータを抜き出し、それをパソコンに読み込ませる作業を続けていたが、モニターのグラフには無反応を示すフラットラインが現れるばかりだった。

いっぽう、田所は海外の大学との交渉に忙しい。今の電話の相手は南ロンドン大学だ。

「ああ、わかった。あなたたちがどうしても私に来てほしいという熱意は十分伝わった。ただ、給料はいくらなんだ。五十万?」

田所は白川を振り向き、訊ねた。「おい、五十万ポンドっていくらだ?」

「ええと……だいたい七千万円ですね」

「七千万か……」とつぶやき、田所は交渉を終わらせた。

そのとき、つけっぱなしにしているラジオから新たな情報が流れてきた。

『……午前九時二分頃、名古屋市付近を震源とする最大震度四を観測する地震がありました。揺れは短時間で収まり、大きな被害は確認されていません。なお、この地震による津波はありません』

どんぐり眼を見開き、ラジオの声に耳をかたむけている田所に黒田が訊ねる。

「何か気になりますか？」

「ああ。滅多に地震の起きない場所だ」

田所はパソコンに東海地方の海底地形図を呼び出し、見入る。隣のモニターに流れていくフラットラインにはわずかだが波形も現れている。

「ノイズか……？」

＊

天海の思惑は当たり、林道はやがて整備された自然道に合流した。とはいえトレッキング用の山道で、しかもかれこれ五、六時間は歩き詰めだ。

足どりもおぼつかなくなった椎名が、「あっ！」とつまずきそうになったところを天海がとっさに引き寄せる。

「大丈夫か。もう少しだ。頑張ろう」

それから三十分くらい歩いたろうか、ようやく視界が開け、広い道路へとたどり着いた。脇には『これより松葉町』と記された看板も立っている。

「着いた……」と天海は思わずつぶやいた。

どこに隠れていたのか身体中に元気がみなぎっていく。

天海と椎名は遠くに見えてきた街並みに向かって、力強く歩きだした。


目指す町立病院は町の中心部にあった。正面入口から院内へと入ったふたりは、いまだ被災者でごった返すロビーをそれぞれの家族を探し回る。

「茜！」と声を張りあげながら、天海は院内を進んでいく。小学生くらいの女の子を見かけるたびに顔を確認していくが、茜の姿は見当たらない。

いっぽう椎名も母の和子とは出会えずにいた。

ふくれあがっていく嫌な予感を懸命に追い払いながら、ふたりは捜索を続ける。

ホワイトボードに記された負傷者リストにも茜や香織、和子の名前はなかった。

隣のボードには死亡者のリストが並んでいる。氏名が未確認の遺体に関しては、推定年齢と身体的特徴が記されているが、幸いにも幼い年齢の記述はない。

と、奥の救命救急病棟のほうから消防隊員の声が聞こえてきた。

「身長一二〇センチ。小学校低学年の女の子です。受け答えはできていたんですが」

天海は思わずストレッチャーのほうへと駆け寄った。

茜ではなかった……。

隈なく探したが家族と再会することは叶わず、天海と椎名は肩を落として病院を出た。次に目指すは緊急避難所だ。

気を取り直し、天海が足を踏み出したとき、風に乗ってかすかにハーモニカの音色が聞こえてきた。

天海は立ち止まり、耳をすます。

あの曲だ……！

そんな天海を、椎名は怪訝そうに見る。

天海は方向を変え、ハーモニカが聞こえてくる公園のほうへと歩きだした。音色が大きくなるにつれ、天海の足もどんどん速くなる。

ワケがわからないまま、椎名は天海を追いかける。

公園に入ると天海は足を止め、周囲を見渡した。

ベンチで女の子がハーモニカを吹いている。

「茜！」

駆けてくる天海に気づき、茜はベンチから立ち上がった。

「パパ！」

胸に飛び込んできた茜の小さな身体を、天海はしっかりと抱きしめた。

「よかった……よかった！」

天海の頬を熱い涙が濡らしていく。

「……パパ」

「捜したぞ」

「……うん」

その存在を確かめるように、天海はふたたび強く娘を抱いた。

「ありがとな……ありがとう」

そんな天海を椎名が遠巻きに見守っている。

ふと背後に誰かが立った。椎名が振り向くと、水とパンを手にした母親らしき女性が、寄り添う天海と茜を驚いたように見つめている。

この人が天海さんの……。

我に返ったように、香織は椎名に向かって口を開いた。

「椎名実梨さんですか？」

なぜ自分の名を……驚く椎名に、香織はさらに驚くべきことを伝えた。

「お母さんも避難所で元気にしてらっしゃいますよ」

え……。

椎名の目がみるみるうちにうるんでいく。

「……よかった」


香織と茜に案内され、天海と椎名は避難所へと向かった。

和子とは避難所で知り合い、ひょんなことから天海の話が出て、それで椎名との関係性を知ったのだという。

「野田さんは？」

天海の問いに香織の顔に陰が差す。

「トンネル崩落の玉突き事故で野田さんは骨折したの。退院できるまでに二、三週間はかかるみたい。九州に戻る道路の復旧もしばらくかかるらしいし、ここで野田さんが治るのを待つしかないかな」

そう言って、香織は避難所となっている総合体育館を見回す。パーテーションで区切られた狭いスペースのなか、被災者たちそれぞれの居場所が作られている。香織は和子と同じスペースで暮らしていた。

「……そうか……俺もしばらくここにいようか」

「え……」と香織が驚いたとき、茜が言った。

「パパはお仕事でしょ」

今度は天海がハッとなる。

「たくさんの人を助けなきゃいけないんでしょ」

「そうよねえ」と和子が茜に相づちを打つ。「すごいパパなのよねえ」

困ったような天海を、椎名が見つめる。

「ちょっとごめん。水とってくる」と天海は逃げるようにその場を離れた。

歩きながら周囲を見渡すと、避難した人々の困窮が見える。

不安げに哺乳瓶で赤ん坊に水を飲ませている若い母親は、「ミルク、もうちょっとで来るからね」と自分に言い聞かせるようにささやいている。

体調のすぐれない母親を心配する息子に、「これ使ってください」と若い女性が自分の毛布を渡す。

入口近くでは高校生くらいの男の子が、「携帯が電源切れで、なんとかなりませんか」と役場の職員に掛け合っている。「番号がわからないと家族に電話もかけられなくて」

妹なのだろうか。中学生くらいの女の子がぴったりと彼に寄り添っている。

「発電機が届くはずなんで……。確認しますので、もう少しお待ちいただけますか」

天海がそこに割って入った。

「支援物質、届いていないんですか？」

「県に要請してるんですが、あちこち山が崩れて道がふさがってるので……町の備蓄でなんとかまかなってきましたが、それもそろそろ限界でして」

男性職員が苦渋の表情を浮かべたとき、二十代の女性職員がバタバタと駆けてきた。

「すみません。あちらのおばあさん、かなり苦しそうです。病院へ運んだほうが」

すぐに向かおうとした男性職員に、しびれを切らしたような声が次々とかけられる。

「車イスまだですか？　さっきからずっと待ってるんですけど」

「こっちも毛布頼んだんですけど」

「ああ……少々お待ちください」

明らかに手が足りていないその様子を見かね、天海が言った。

「手伝います。おばあさん、どこですか」

「ありがとうございます。こちらです」

天海は女性職員のあとを早足でついていく。


『関東地方沿岸部沈没から三日が経過して、早期の情報開示と避難指示で死傷者を最小限に収めた東山総理の危機対策に、海外メディアから賞賛の声があがっています。また東山総理は被災者激励のために避難所を訪問する意向だということです』

暖炉にあたりながら、常盤がラジオから流れるニュースを居心地悪そうに聞いている。なぜならば、常盤の正面には邸宅の主である里城が苦虫を嚙みつぶしたような顔で座っているからだ。

「ここぞとばかりに人気とりに走るとは困ったもんだ」

そう吐き捨てると、里城は常盤を見据えた。

「問題はここから首都圏をどう復興させるかだ。総理にはそのビジョンがまるでない」

「……里城先生はどういったビジョンをお持ちですか」

おずおずと訊ねる常盤に、里城は答える。

「今回の沈没は、巨大都市東京を世界一の未来都市に創り直して、新たなる日本の繁栄を生みだす千載一遇のチャンスなんだよ」

そこには被災した数百万を超える人々への思いはない。

「紘一君、わかるよね」と里城は目を細めた。「頼りにしてるよ」

政界でもっとも力を持つ人物から信頼を寄せられるのはありがたいが、いっぽうでそのしがらみから逃れたい自分がいることも否定できず、常盤は曖昧にうなずくしかできなかった。


未来推進会議本部に入ってきた相原が、「総理から首都圏の復旧に向けて計画案を策定してほしいとの指示がありました」と皆に告げる。

「それもかー」と頭をクシャクシャとかきながら織辺が自席から立ち上がる。一同が集まると相原が口火を切った。

「主なものとしては、家屋を失った住民や社屋を失った企業の受け入れ態勢の整備です」

「被災者向け仮設住宅の検討も入れた指示ですか？」

「はい」と相原が織辺にうなずく。「すべてを包括して議論していきましょう」

テーブルの隅で、心ここにあらずといった感じの表情をしている石塚に気づき、「どうしたの？」と財津が訊ねる。

「え？　いや、大丈夫です。なんでもないです」

そのとき、本部の電話が鳴った。石塚が皆に背を向け、受話器をとる。

「はい。日本未来推進会議ですが」

「ああ……天海です」と安堵した声が聞こえてきて、石塚は受話器を手で押さえた。

「ちょっと待ってください。今、廊下に出ますから」

そっと本部を抜け出すと、石塚は声をひそめて天海に訊ねた。

「今、どちらですか？」

「松葉町の避難所だ」

「常盤さん、今いないんですが」

「……いや、常盤じゃなくて石塚君に頼みたい」

常盤へのわだかまりを察し、石塚はそれ以上追及しない。

「なんでしょうか？」

「支援物資が届いていないんだ」

「……え」

「ここはトンネル事故という二次災害で用意された避難所だから、見落とされているのかもしれない」

「すぐに確認します」

「ありがとう。それと薬や包帯なんかも不足している。たぶん、こういう避難所がほかにもあると思う。その辺を未来推進会議でサポートしてもらえないか」

「……さすがですね」と感極まったように石塚は言った。「未来推進会議を離れた今も、そうやって国民のために動き続けて」

「そんなんじゃないよ。たまたまここに用があっただけだ」

「何かあったらいつでも連絡ください」

「ありがとう」

「では、また」と石塚が電話を切ったとき、背後から声をかけられた。

「天海からか」

振り向くと常盤が立っていた。

「あ、いや」

「天海の様子はどうだった」

「被災者支援について、いろいろ心配してくれています」

「……そっか」

＊

天海と椎名が松葉町に来てから三日が経った。天海は役所の職員やボランティアたちの先頭に立ち、精力的に避難所支援活動を行い、椎名もそれを手伝っている。

被災者からの苦情や要望のメモを見ながら、天海はあらためて体育館を見回す。皆、慣れない避難所生活への疲労が色濃く出はじめている。

そこに、「お疲れさまです」と役所の総務課の工藤《くどう》がやってきた。

「お疲れさまです。みなさん、疲れが見えはじめていますね」

うなずき、工藤は言った。「実は大峰市の避難所になっているホテルが十部屋空いていて、ここの被災者を受け入れてもいいと言ってくれていますが、どう思いますか?」

「高齢者から優先したほうがいいと思いますが……」と答えながら天海は避難者の名簿に目を通していく。「高齢者といっても三十名以上いますもんね」

「年齢の高い方から行ってもらったほうがいいんでしょうか」

「でも……」と天海は名簿を確認しながら指摘する。「この方とこの方は持病があって、ここでの生活は大変そうです。できれば優先的にホテルに移ったほうがいいかもしれませんね」

「それだとまた苦情が……」

　むずかしい顔になる工藤に、天海もため息をつく。

　外に出ると、椎名が支援物資として届いた衣料をサイズ別に仕分けしていた。天海に気づき、声をかけてくる。

「県道78号線が復旧したみたいです。東京に戻れますね」

「そうだな……君はどうするんだ？」

「編集長からは戻るように言われてます」

「家はどうする？」

「まあ、なんとかなりますよ。会社の宿泊施設もありますし。天海さんはどうするんですか？」と椎名が訊ね返す。

「俺は……」

　天海はしばし考え、正直な気持ちを吐露した。

「どうしたらいいのかわからないよ。君が言っただろう。正しいことはどこでだってできるって。でも、ここへ来て、一人ひとりに寄り添うって、実はむずかしいってことを痛感した。この先、俺に何ができるのか……ずっと考えてる」

　そのとき、道の向こうから自衛隊車両が連なり、こちらにやってくるのが見えた。

「おい、あれ」

椎名も目を向け、顔をほころばせる。

自衛隊の炊き出しに、被災者たちが列をなしている。天海と椎名も手伝い、皆に豚汁やうどんを配る。

目の前に立った茜に、天海がカレーをよそって渡す。

「パパ、ありがとう」

「これ本当にうまいぞ。おかわりもあるからな」

「うん!」

隣では香織が椎名から豚汁を受けとっている。

「いろいろご苦労さまです」

椎名は微笑み、言った。

「あと少し、頑張りましょう」

「はい」

茜を連れ、香織は和子ら被災者たちの輪のなかへと戻っていく。そのなかには車イスに乗った野田の姿もあった。

まるで本当の親子のように野田と一緒にカレーを食べはじめた茜を、天海は複雑な思いで見つめた。

自衛隊が設営した仮設浴場からは、久しぶりに湯に浸った人たちが気持ちよさそうに外に出てくる。

これで被災者たちも息がつけるかもしれない。

そんなことを思っていると、「天海さん！」と大きな声で名前を呼ばれた。振り向くと防災服姿の石塚が手を振りながら駆けてくる。

「お疲れさまです」

「……石塚君」

石塚は天海の頭の包帯を見て、「大丈夫ですか」と訊ねる。

「ああ、大丈夫……どうして？」

「実はみなさんを激励したいという方が見えてまして」

石塚の視線を追うと、黒塗りのセダンが報道車を引き連れ、こちらへとやってくるのが見えた。車が止まり、報道陣が一斉に飛び出してくる。

報道陣がカメラを構えるなか、セダンの後部座席から東山が降り立った。

「総理」と椎名が驚きの声を漏らす。

「……どうしてここへ」と天海もつぶやく。

「各地の避難所を激励している最中でして。急遽ここにも立ち寄ることになりました」と石塚が説明する。

被災者たちの輪から次々に、「総理！」と歓声があがる。

「みなさん、本当にご苦労さまです」と東山は被災者たちに向かって語りだす。「苦しい時間が続いているとは思いますが、もうしばらくの辛抱です。私は今日、みなさんの声を聞くためにここに来ました。みなさんとともに過ごして、みなさんの思いを私の仕事に反映させていきたい。そう考えています。一緒に乗り越えましょう」

東山のスピーチに被災者たちは熱狂していく。周りを囲んだ報道陣のカメラがその様子を記録していく。

そんな光景を眺めながら天海は言った。

「ひょっとして石塚君が仕組んだのか？」

「いやあ、僕じゃないですよ」と石塚は護衛官の後ろに立つ人物を目で示す。

「……紘一」

天海の視線に気づいたのか、常盤がこちらに目を向けた。

東山総理を囲む輪から少し離れた場所で、天海と常盤が並んで立っている。

「みんなうれしそうだな。久しぶりだよ、こういう笑顔見るのは」

「……」

「しかし、さすがだよな。総理まで連れてくるなんて」

常盤は顔を前に向けたまま、思いを口にした。

「お前が情報を先に開示したことは正しかった。俺が問い詰めてもそのことを隠し続けたのは、俺を巻き込みたくなかったからなんだろう？」

「……」

「お前はすべての責任をひとりで背負った。なのに俺は……自分が恥ずかしい」

常盤は天海へと顔を向け、頭を下げた。

「すまなかった」

「！……やめてくれよ」

天海は笑顔で炊き出しを食べている人々を見ながら、言った。

「思いあがってたんだよ。俺自身が」

「……」

「被災して、震えたよ。もし茜や香織が助からなかったらと思うと、ただただおびえ続けることしかできなかった。なんにもできなかった。ここに来てからもそうだ。国民に寄り添うってことは簡単なことじゃなかった。組織にいなければなんにもできなかった。いかに自分が無力か思い知らされたよ」

「なに言ってんだ、啓示。お前の使命感が何百万人もの命を救ったんだ」

「……」

「ここからが大変だ。首都圏の復興をどうするのか、どういう日本の未来を築くのか」

「お前がいればなんとかなるよ。頼んだ」

「なに俺に押しつけてんだ。お前も一緒にやるんだ、啓示」

「……え」と天海は常盤を見た。

「未来推進会議に戻ってこい。また一緒に国民のために戦ってほしい」

天海は常盤をじっと見つめる。常盤は目をそらさず、見つめ返す。

天海の口もとに、ふっと笑みが浮かんだ。

「天海君」

声に振り向くと、東山がこちらに向かって歩いてくる。

「……総理、先日は失礼いたしました」

「間違っていたのは、私のほうだ。君には、感謝しかない」

「……」

「君が私に、災害後の復興について考えたいと言ったことを覚えていますか？」

「……はい」

「もし気持ちが変わっていないなら、また君の力を私に貸してほしい」

差し出された東山の右手を、天海は両手で強く握った。

「……ありがとうございます」

＊

茜と香織に別れを告げ、東京に戻った翌日の夕刻。天海は椎名に呼び出され、日比谷公園の噴水広場にいる。

少し遅れてやってきた椎名は、天海に駆け寄り、言った。

「天海さんにお知らせしたいことがありまして」

「どうしたの。何かあったのか？」

「はい。毎朝新聞への復帰が決まりました」

関東沈没の危機をどこよりも早く報じたことで、毎朝新聞の評価は格段に上がった。

あの記事が総理を動かしたという声も多く、数百万人の命を救ったスクープとして新聞史上に燦然《さんぜん》と輝くことは間違いないと社主も鼻高々だ。その功績が認められたのだ。

「よかったな！」と天海は破顔した。「おめでとう！　俺もうれしいよ」

心からの祝福の言葉に、椎名の顔もゆるんでいく。

「お祝いにお酒とかごちそうしてくれないんですか？」

「よぉし、じゃあ今から乾杯といくかあ」

「はい。申し訳ないですけど、私、結構飲んじゃいますよ」

「それはいつものことだろ」と天海はツッコむ。「でも、今日ぐらいは飲もう。明日からはお互い、寝る暇もないぐらい忙しくなるんだ」

「……はい」


その頃、田所は研究室でデータに埋もれながら息を荒げていた。

「田所博士、どうかなさいましたか？」と黒田が気づかう。

「名古屋付近で、わずかだがスロースリップが観測されている」

驚き、黒田はデータが表示されているパソコンを覗き込む。白川も寄ってきた。

「それに連動するような形で、関東沖で海底地殻変動もふたたび始まっているようだ。関東で起きた沈没現象が名古屋に連動してスロースリップを引き起こし、今度は逆に名古屋で起きた地震が関東の海底に影響を与えている」

データを切り替えながら、田所が助手たちに説明していく。

「悪い予感がする。もっと大きな……とてつもない第二波が来るかもしれない」

不気味な揺れを示す関東沖の観測グラフ同様に、田所の身体もかすかに震えている。


「行こう」

天海が椎名とともに歩きだしたとき、背後の森からバサバサッと大きな音がした。

振り向くと、一斉に飛び立った無数のカラスが暮れなずむ空を黒く染めている。

「おお、びっくりした」

つぶやき、天海はふたたび歩きはじめる。

カラスたちはすでに空の彼方に去っている。

どこに向かうのか、カラスたちは自分でもわかっていなかった。

ただ本能が告げる。

ここにいては危ないと――。

Cast

天海啓示《あまみけいし》……………………………小栗 旬
常盤紘一《ときわこういち》……………………………松山ケンイチ
椎名実梨《しいなみのり》……………………………杏
石塚平良《いしづかたいら》……………………………ウエンツ瑛士
相原美鈴《あいはらみすず》……………………………中村アン
山田《やまだ》 愛《あい》……………………………与田祐希(乃木坂46)

○

世良《せら》 徹《とおる》……………………………國村 隼

○

天海佳恵《あまみよしえ》……………………………風吹ジュン
天海香織《あまみかおり》……………………………比嘉愛未
椎名和子《しいなかずこ》……………………………宮崎美子

○

天海《あまみ》 衛《まもる》……………………………吉田鋼太郎(特別出演)

○

長沼周也《ながぬましゅうや》……………………………杉本哲太
生島《いくしま》 誠《まこと》……………………………風間杜夫
里城《さとしろ》 弦《げん》……………………………石橋蓮司
東山栄一《ひがしやまえいいち》……………………………仲村トオル
田所雄介《たどころゆうすけ》……………………………香川照之

TV STAFF

原作 …………………… 小松左京『日本沈没』

脚本 …………………… 橋本裕志

音楽 …………………… 菅野祐悟

地震学監修 ………… 山岡耕春
篠原雅尚

記者監修 …………… 龍崎 孝

演出 …………………… 平野俊一
土井裕泰
宮崎陽平

プロデュース ……… 東仲恵吾

製作著作 …………… TBS

BOOK STAFF

脚本 …………………… 橋本裕志

ノベライズ ………… 蒔田陽平

ブックデザイン …… ニシハラ・ヤスヒロ（UNITED GRAPHICS）

DTP …………………… Office SASAI

企画協力 …………… 三森裕介　高草木青葉
（TBSテレビメディアビジネス局マーチャンダイジングセンター）

日曜劇場　日本沈没—希望のひと—(上)

発行日　2021年11月20日　初版第1刷発行

原　　作　小松左京『日本沈没』
脚　　本　橋本裕志
ノベライズ　蒔田陽平

発 行 者　久保田榮一
発 行 所　株式会社 扶桑社
〒105-8070　東京都港区芝浦1-1-1　浜松町ビルディング
電話　(03) 6368 - 8870(編集)
(03) 6368 - 8891(郵便室)
www.fusosha.co.jp

企画協力　株式会社TBSテレビ

印刷・製本　図書印刷株式会社

ISBN 978-4-594-08977-1

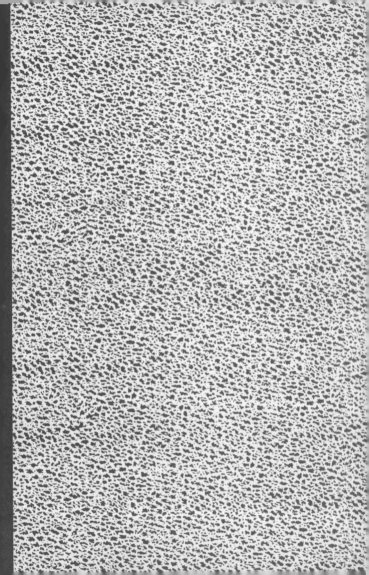